不结婚，在一起

〔日〕渡边淳一 著

刘 玮 译

青岛出版社
QINGDAO PUBLISHING HOUSE

前　言
高度自由的制度孕育实质的爱情

如今,在日本,青年男女的未婚率正急速攀升。

首要原因,应该归结于年轻男性的结婚意愿日渐低迷,导致的结果就是,女性的未婚率水涨船高。

那么,年轻男性为什么不想结婚?他们最大的理由就是当今日本的婚姻制度"太过沉重了"。

和中意的女性约会过几次后,虽然会觉得"这女孩不错,真想和她一起生活",但只要谈到结婚,就会把双方家庭中的父母兄弟、三亲六戚,甚至连公司的同事都卷进来,掀起一阵骚动。

特别在小地方,结婚更是一辈子仅此一次、左右人生的重大事件。

而且,一旦结婚,就算爱情消失,也不能轻易分手,因为各自的家庭也卷进来了,还要顾及社会舆论、面子问题、经济问题等等。

另外,在现行的婚姻制度下,离婚需要夫妻双方的同意,但双方恰好同时感到"厌倦了,想分手"的可能性很小。当然,可能婚姻能够幸福地走下去倒也没什么问题,但谁也无法断言双方都不会变心。一旦出现问题,要么咬紧牙关苦苦忍耐,要么就陷入离婚的泥沼。

如果婚姻只意味着经济负担和社会责任变重的话,实在令人无法承受。这是他们的心声。

对于女性来说,结婚要改变姓氏也是一个大问题。

根据夫妻同姓的现行制度要求,婚后妻子一般会改从夫家的姓,因此从个人印章到医保证件,甚至身份证、护照都要更换。这样的婚姻制度,环顾全世界也只有日本一例。

有的政治家还会发出一些"夫妻异姓会导致家庭分裂、婚外情增加"等愚蠢的论调。长期使用本名工作并取得一定社会认同的女性,为了和心爱的人结婚而不得不舍弃自己的姓氏,这种苦闷和不便,难道政治家们想象不到吗?

周围有很多女性曾向我倾诉不满,有些女性甚至说:"如果允许夫妻异姓的话,结婚还是可以考虑的。"

另外,"嫁"字由"女"字旁和一个"家"组成,意味着"成为夫家的女人",很多女性内心对此敬谢不敏。越来越多的女性就算和某家的长子结婚,也不愿死后葬在夫家的墓地里,因为长眠在那儿的只有一年都见不到一次的公婆和闻所未闻的祖先们。

她们更想和自己的父母一起葬在娘家的墓地里。

这些,就是他们的心声。

听到这些男女的心声,我日渐感到日本的婚姻制度对现在的年轻人来说已经成为一种沉重的负担。

这样下去,要年轻一代热衷结婚,根本没有指望。少子化现象也无法阻止,前景堪忧。

有没有更轻松、更自由的婚姻形式?能不能由当事人双方协商一起生活、生儿育女?现代社会,这种需求不是越来越多了吗?这个想法,启发我开始关注"事实婚",最终写成了本书。

那么,什么是事实婚呢?

我会在本书中详细介绍。我个人将它理解为"高度自由的制度孕育实质的爱情"。它还能适应人心和社会的各种变化,是适应现代生活的伴侣形态。

实际上,瑞典有四成以上,芬兰、法国、荷兰都有三成以上的女性选择了事实婚(25岁至29岁女性的相关数据,详细参照第一章第6页)。

特别需要提到的是,瑞典有Sambolagen,法国有PaCS[①],这些

[①] Sambolagen 和 PaCS 是关于同居、事实婚的法律、制度,详见第一章末。

特别为事实婚设立的制度使得事实婚被公开承认。伴侣之间生出的孩子也没有嫡生子、非嫡生子的区别,能享受各种社会保障。

在少子化危机中挣扎的法国,自从引进了这一制度,出生率奇迹般反弹,一时被传为佳话。

不得不承认,日本远远落后于这种世界性的潮流。不要说事实婚的立法推进不了,就连修改民法,允许夫妻异姓都无法实现,这就是日本的现状。

不过,我并不是说全日本要统一实行事实婚,也不是说每个人都必须选择事实婚。

满足于现行婚姻制度的人,保持现状就可以了。有些女性会感到结婚更换姓氏很幸福,也有些男性无论如何也要守卫自家的墓葬传统,这种人不必勉强接受事实婚。

不过,对现状不满的人,感到现行婚姻制度"太沉重"的人,我会向他们推荐事实婚这种婚姻形式,提醒他们还有这种选择。

如果除了现行婚姻制度以外别无选择,那么无法完全接受此制度的人就会背负很大压力。现行婚姻制度独霸天下,导致思考方式僵化,无法适应多样化的社会需求。

不论在什么问题上,日本都倾向于统一意见,整齐划一,但在婚姻这种个人问题上,应该有更多的自由。尊重每个个体的意见,才是最重要的。

父母和家庭固然重要,更重要的是个人的意志,这是不言而喻的。尊重个体的意见,设置多个选择项是最好的办法。

也就是说,事实婚只是选择项之一,大家各自自由判断,作出选择即可。

因此,本书不但列举了事实婚的优点,也毫不掩饰它的弊端和不稳定因素。

另外,我们还以对谈和座谈会的形式收录了实际选择事实婚的人们的感想和意见、单身女性对事实婚的看法等。希望让读者也听到"当事人真实的心声",对这个新时代新生男女的生存状态有所了解。

最后要说的是,成熟的社会是承认多样性的社会。

在石头脑袋的政治老人们掌权的日本,现在要马上修改民法,实施多样化的婚姻制度难度很大。至少,我希望大家能接受不同于自己的想法和选择,创造一个能包容形形色色人群、容纳各种各样思想的宽容社会。

目 录

前　言　高度自由的制度孕育实质的爱情 / 001

第一章　事实婚，爱的新形式 / 001

第二章　年轻男女不结婚的六大原因 / 012

第三章　传统的婚姻形态已经崩溃 / 023

第四章　事实婚的好处和弊端 / 033

第五章　事实婚是心与心的实质结合
　　　　——与社会民主党主席福岛瑞穗的对谈 / 041

第六章　现身说法之一：平等独立的事实婚 / 049

第七章　现身说法之二：自由的忘年事实婚 / 058

第八章　现身说法之三：解除事实婚 / 066

第九章　多一种选择——和五位女性的座谈会 / 076

第十章　事实婚让男女平等——和事实婚男性的对谈 / 100

第十一章　和律师的对谈 / 113

译后记 / 124

第一章　事实婚,爱的新形式

近来,对女性和男性来说,结婚都日渐成为一个负担沉重的选择。

同时,在大都市,男女双方相互尊重、相处轻松的事实婚成为越来越多夫妻的选择。基于这种现状,我们来探讨一下这一未来的全新生活方式——事实婚。

事实婚不是单纯的同居

乍听到"事实婚"这个词,很多人都不甚了了,所以我们先来看看事实婚究竟是什么。

《广辞苑》[①](第六版)定义如下:

---

① 日本岩波书店发行的日语词典,是最权威的日语词典之一。

"缺少法律上的程序(申报),但事实上有实质性的夫妻关系。属于同居关系的一种。"

这里所谓的法律上的程序,是指正式提出结婚申请。所以事实婚是指:没有提出结婚申请,但实质上像夫妻那样一起生活。

看到这里,我们似乎对什么是事实婚有了大概了解。那么它和单纯的同居有什么不同呢?这一点解释起来就有点麻烦了。

确实,同居也是像普通夫妻那样一起生活,也没有提出结婚申请。要说所谓"实质上的夫妻关系",一起生活也许就算是"实质上的夫妻关系"了。

事实上,同居状态下如果女方怀孕,有了孩子,多半会演变成"奉子成婚",同居伴侣会开始筹备结婚。

但如果是事实婚,就算有了孩子,也不一定要准备结婚。他们不会提出结婚申请,就这样抚养孩子长大。

当然,这种情况下,两人没有正式结婚,姓氏不同,夫妻各自用自己的姓,大门外的名牌也有两个。

孩子随谁的姓呢?可以两人商量后选定其中一方的姓。

另外,在日常生活中,也会产生很多不同于现存夫妻关系中的新问题。

首先是生活费,一般的夫妻关系中,大多数情况下,财产实际上由夫妻共有,从中支出开销。

但在事实婚中,大多数情况下,双方的财产是分开的,有生活费男女双方各出一半的,也有其中一方负担较多的。孩子的抚养费、学费也由双方商量决定。

目前,事实婚就是以这种伴侣形态存在,别忘记,这一制度在日本还未被正式承认。换句话说,这种男女关系并未被法律承认,是一种建立在双方互相了解和认同基础上的私人关系。

当然,这种关系会引发很多问题。

首先,在社会上,特别是在企业中,事实婚多半并未被承认。因此,在判断双方是否是夫妻,是已婚还是未婚时,以"不算正式夫妻"为由,事实婚者往往被视为未婚。

在负责我作品的编辑中,有位事实婚的女性,她虽然已经宣布自己是事实婚,但并未收到公司发的结婚礼金,这令她着实感叹了一番。

令人同情。但在现在的日本,这也是无可奈何的。

如果站在公司的角度考虑的话,要是这样能收到礼金,恐怕连普通同居关系的男女也会要求领取礼金吧。

无论如何,在事实婚未获得法律认可的现状下,许多不利无法避免。特别是孩子的身份问题。

所谓的嫡生子,指的是法律上有婚姻关系的夫妻生出的孩子,这样一来事实婚男女所生的孩子就不能算嫡生子了。

当然,如果对这点不在意的话倒也无所谓。不过,类似的问题给事实婚的伴侣带来了这样那样的烦恼和负担,这是确确实实的。

欧洲和日本的事实婚现状对比

那么,现在日本有多少人是事实婚呢?

2005年版的《国民生活白皮书》上的数据显示,事实婚(含同居)的女性人数,在25岁至29岁这一年龄段比例最高,达到3%。

18岁到19岁,30岁到34岁,均不到2%。

实际上,年轻时就开始事实婚的伴侣,也有不少会在孩子出生或年龄变大后选择正式结婚。

这样看来,在事实婚不被法律认可的日本,坚持事实婚在精神上和经济上都是很大的负担,这是目前的现实。

然而,欧洲诸国的事实婚比例比日本要高很多。

根据2005年版的《国民生活白皮书》,欧洲事实婚女性(含同居)比例见图1。

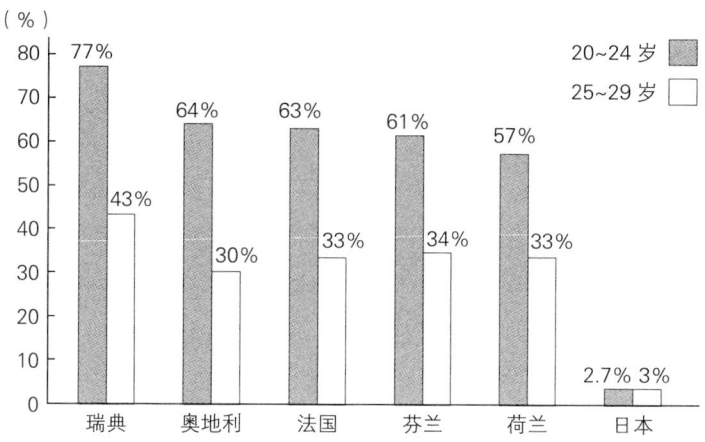

图1 20~24岁、25~29岁事实婚(含同居)的(女性)比例

事实婚/同居率较高的欧洲各国与日本的比较图。20~24岁这个年龄段在他国比例较高,在日本很低。

其中,比例最高的是北欧的瑞典,25岁至29岁有43%的女性选择了事实婚(含同居)。

接下来是芬兰、法国、荷兰,比例也很高。芬兰有34%,法国、荷兰有33%,三成以上的伴侣选择了事实婚(含同居)。

另外,非婚生子的比例,瑞典最高,2008年的数据显示有54.7%,接下来是法国的52.6%,丹麦紧随其后,有46.2%(《美国统计年鉴2011版》)。

相比之下,日本的 2.1%(厚生劳动省①《平成二十一年② 人口动态调查》)算是很少,这是为什么呢?

下面我们拿法国为例来分析其原因。

法国的事实婚制度

针对事实婚,法国有制度。

PaCS 是 1999 年经法国议会审议后正式诞生的。此后,同居的法律地位被正式承认。

实际上,此后选择 PaCS 的伴侣剧增,2008 年登记件数为 146,000 件。

PaCS 的契约规定伴侣必须是两个成年人,但不分性别。

一男一女的伴侣当然可以,两位男士或两位女士,也就是同性恋者,也获得了承认。

不过,三等亲③ 以内的所谓近亲之间的契约是被禁止的。

另外,如果一方已经结了婚,再缔结契约,就变成了双重契约,这也是被禁止的。

当然,如果以前和别人缔结过 PaCS 契约,现在解除了,就

---

① 日本负责医疗卫生和社会保障的主要部门。
② 即 2009 年。
③ 三等亲,包括血亲和姻亲。血亲如曾祖父母、外曾祖父母、舅、叔、伯、姑、姨、曾孙子女、外曾孙子女;姻亲如舅母、婶、姑父、姨父。

没有问题。

契约内容由双方在同居期间,在相互理解、相互接受的范围内确定。其中,当然要考虑到双方相互的物质扶持、居住费、伙食费、孩子的教育费等日常生活上的开销,还包括社会保险、税金等。

这些包含方方面面的契约内容只限于两人之间遵守,契约内容不需要特别公开登记。

不过,产生纠纷时,为让第三方或其他公共机关认可契约条款,也需要向法院递交契约条款。

要缔结法律上无异议的契约,最好借助专业法律人士的力量,很多伴侣会和律师商量。

另外,瑞典也有一个名为Sambolagen的制度,承认事实婚者的地位。

看了以上两国的例子,会有一种新的认识:事实婚和现存的婚姻形式不同,是一种比同居更坚实的共同生活状态。

换一个角度说,这是一种不像结婚那样沉重,又被社会公开承认的两人生活方式。而其中最重要的是,双方所生的孩子没有嫡生子和非嫡生子的区别,这也就表示,孩子是被法律承认的。

选择事实婚的伴侣中,年轻人,特别是男女都有工作的占绝大多数。事实上,在西欧各国,大多数女性都进入社会,从年轻时就开始工作。

不光是西欧,在亚洲,特别是中国,几乎所有的女性都在工作,像日本这样,结婚后做专职主妇的例子很少,结婚的伴侣们大多数男女不同姓。

女性进入社会工作在日本变得越来越普遍,可以说更增加了事实婚的必要性。

考虑事实婚的伴侣,一般倾向于选择男女都有工作,各自都有收入。

不像现在的专职主妇,妻子完全没有收入,在经济上要全部依赖丈夫。事实婚伴侣的日常家务、育儿,并不是全都由妻子承担。

从家务到育儿,对事实婚伴侣来说,所有一切都是由夫妻共同分担。

夫妻都在社会上工作,分担家务和育儿,两人之间当然需要各种各样的约束。

这就是所谓的结合契约[①],在缔结事实婚前就应该订好。

一般来说,日本人很不擅长法律方面的东西,觉得丑话说在前头缺少人情味,但为了保证两人的生活更美满,应该毫不犹豫地这样做。

实际上,在这些问题上先达成一致,是保证两人幸福生活不

[①] 指法国的《民事结合契约》,即 PaCS。

可缺少的条件。

最近,正式结婚的伴侣,也会在婚前签订协议,年轻人也许毫不费力就能接受。

无论如何,在事实婚中,从生活费到家务的分担,都要在事前商量好的基础上决定,交给律师,使其条文化,最终成为契约。

不过,女性工作的话,最常出现的问题是生孩子、育儿,还有子女教育。

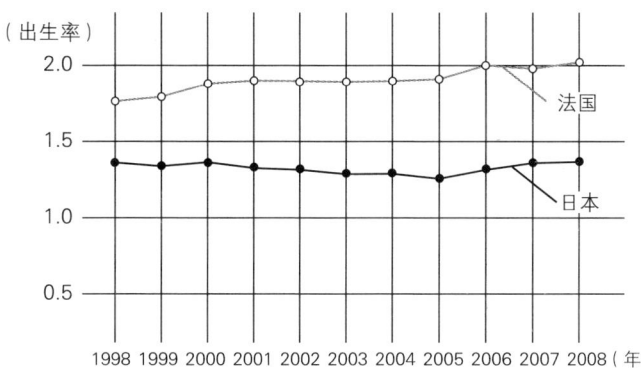

图2　日本和法国的总计特殊出生率的比较

(根据厚生劳动省《人口动态统计》、法国国立统计研究所数据绘制)

<small>日本的出生率在婴儿潮结束的1950年是3.65,超过法国的2.9,1954年出现了逆转。2008年的数据也是法国较高。</small>

在这点上,不管男方多么合作,都不一定能全面兼顾。

于是,社会保障就变得很重要。

怀孕、生产的医疗费,包括幼儿的保育费,还有从小学升中学、再进高中累计的教育费,这些国家能否大手笔地给予保证,是个大问题。

当然,在法国等地,社会保障充分,事实婚的夫妇也能安心生孩子。

因此,2008 年,法国的总计特殊出生率(一名女性一生所生育孩子的平均数)达到了 2.02,人口不断增长。

事实婚有助于解决少子化问题

日本的情况如何呢? 如果依靠社会舆论敦促制度上的改变,虽然会遇到各种问题,但事实婚伴侣经济上的负担也许最终会减轻。

有一点很清楚,光靠当事人的热情,事实婚是无法圆满的。建立周围人和全社会的支持体制很有必要。

而且毫无疑问,现在日本也迎来了事实婚普及化、受到法律承认的时刻。

维持现有状况,不婚者会越来越多,少子化问题也会越来越尖锐,这是可以预见的未来。下面我们从各种角度来考察这一现状的背景。

【PaCS：PacteCivildeSolidarité（民事结合契约）】

这是法国民法于1999年制定的,缔结在18岁以上成人之间(三等亲以内除外)的民事结合契约制度,需要在法院进行登记。已婚,或是一人同时缔结两个以上的契约是被禁止的。

这一制度本来是为了使不被法律认可的同性伴侣也能享有与传统婚姻同等的权利而设立的,但是由于该契约无需双方同意、单方申请即可解除,同时没有婚姻的贞操义务等因素,在传统婚姻制度下离婚很困难的法国,许多异性伴侣也缔结了这一契约。

PaCS伴侣间生出的孩子,也能获得家庭补贴和生育补贴。

【Sambolagen（同居制度）】

瑞典于1987年制定、翌年实施的Sambolagen《共同居住法》和《同性同居法》在2003年时合并为Sambolagen制度。依据这一制度,异性伴侣、同性伴侣享有与传统婚姻同等的权利。虽然继承权的授予仍需要立遗嘱,但伴侣拥有继承《社会保险法》规定的基础余额之双倍财产的权利。

另外,因为宗教方面的影响,以前法律只承认异性婚姻,2009年经过修正,婚姻法在性别上保持中立。

第二章　年轻男女不结婚的六大原因

少子化的原因中,最近最受瞩目的是适龄男女的不婚倾向。特别是"草食系"男性[①],对结婚的消极态度超乎女性的想象。

基于以上情况,我们边看数据边来剖析年轻男性逃避婚姻的心理和行动。

生涯未婚率的增长

如今,年轻男女中,不愿结婚的男性越来越多,这成为一大问题。

特别是生涯未婚率,男性的比率压倒性地高。

---

① "草食系"男性:与"肉食系"男性相对,指对恋爱不积极、缺乏欲望的男性。

这里所说的生涯未婚率,指的是50岁左右的未婚者所占的比率,是由45岁到49岁、50岁到54岁人群的未婚率计算得出的。

看看图3就很清楚,1950年,男性的生涯未婚率是1.5%,女性是1.4%。

之后,1960年、1970年、1980年,这30年间女性的生涯未婚率越来越高,特别是到1980年增长了近2%,男性则很低。然而,从1985年开始,男性的生涯未婚率急剧增长,从1985年的3.9%开始,5年后的1990年是5.5%,1995年是8.9%,2000年继续增长到12.4%,2005年达到15.6%。

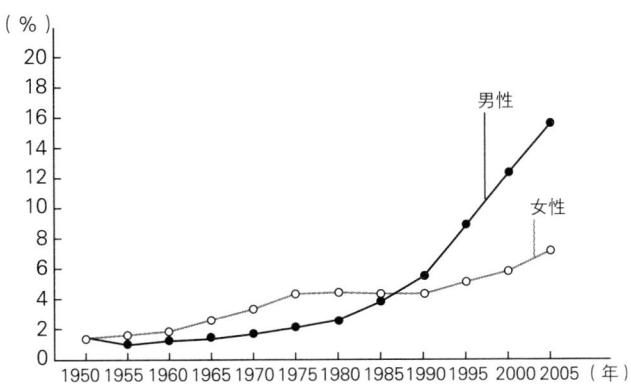

图3 生涯未婚率的推移

(根据总务省统计局《日本的长期统计系列》【1950—2005年】数据绘制)

20世纪80年代后半期以来男女的未婚率逆转,差距日渐拉大。可以看出,以泡沫经济为契机,本来的传统婚姻观发生了改变。

伴随着单身男性的反常增多,独身女性也日益增多。但到2005年女性的生涯未婚率也只有7.2%,增长速度和男性相比是小巫见大巫。

虽然这些数字并非代表终身未婚人群的比率,不过如果到了50岁还没结婚的话,不难想象,接下去结婚的可能性就更小了。

这对女性来说是一大难题,下面我们来考察一下原因。

结婚的最大弊端:失去自由支配的时间

现在,适龄男女是怎么看待结婚的呢?

图4详列出了男女不愿意结婚的理由。

首先,年轻的单身男性(20岁至32岁的未婚男性)中,选择"自由支配的时间变少"这一理由的超过50%,占第一位。接下来依次是"自由支配的金钱变少""行动受限制""有了供养家庭的责任",还有"对方父母、亲戚等社会关系变复杂""压力大"。

看到这些,我们这些上年纪的人最先想到的是:这些理由好幼稚。

自由支配的时间和金钱变少、供养家庭的责任,等等,这些理由还用特地列举出来吗?只要结婚,这些问题当然会产生,这是现实。讨厌这些,就像是在供认自己根本就没有结婚的资格。

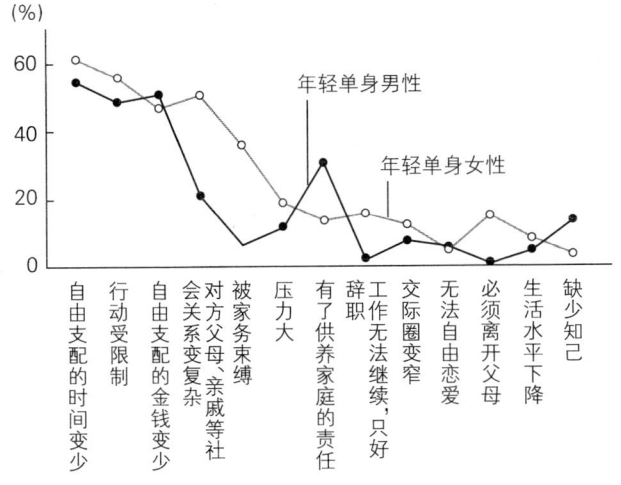

图 4　结婚的弊端

（根据厚生劳动省《对"少子化"现象的公共意识调查》【2004 年】数据绘制）

结婚的弊端中，在亲戚往来等人际关系和做家务这两点上男女差别很大。对女性来说，关于"家庭"的琐事如今也成了负担。

"所以我们才不结婚啊！"年轻人会说。真是幼稚、不负责任的想法。没办法，现代社会这样的年轻人越来越多，我们这些老人不得不头疼这些问题。

另一方面，年轻单身女性举出的结婚弊端中也有"自由支配的时间变少""行动受限制"等，和男性差不多。

但是，在"对方父母、亲戚等社会关系变复杂"这一点上，女性相比男性比例更高，应该是陈旧的婚姻制度引起的问题。

不结婚的首要原因：没有合适的结婚对象

那么，为什么不结婚保持单身呢？

向图 4、图 5 中的调查对象、单身男女们询问的结果，首要原因是"遇不到合适的结婚对象"。20 多岁的不用说，30 岁到 40 岁的单身男女中，这个答案更是占绝大多数，达到六成。那么，什么样的才是合适的对象呢？请看图 5。

最受重视的是"性格、人品"。这是很自然的。

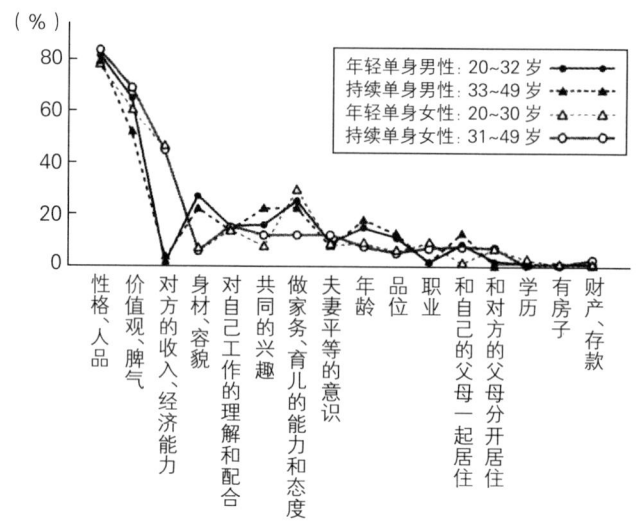

图 5　结婚对象的条件

（根据厚生劳动省《对"少子化"现象的公共意识调查》【2004 年】数据绘制）

一项一项看下去，男女在某些项目（身材容貌、收入、家务能力）上存在差异，年龄的影响很小。

接下来受重视的是"价值观、脾气""做家务、育儿的能力和态度""对自己工作的理解和配合"等。女性特别重视男方的"收入、经济能力",这一点也很引人注意。

相对地,男性则重视女方的"身材、容貌"。

生活越来越方便,不娶妻,男人照样过得好

现今,年轻男女的未婚比例正急速攀升。首要原因是年轻男性没有积极的结婚意愿。

男性的结婚意愿低,导致的结果就是女性的未婚比例升高。

那么,为什么年轻男性对结婚不热心呢?

前面的图说明了一些问题,另外,这也和年轻男性所处的社会环境紧密相关。

如今,我们身边有各种各样的便利店,从便当到下酒菜,一应俱全,进去就能方便地买到。

先不说是否美味,要填饱肚子,再简单不过了。

再说洗衣服,只要去自动投币的洗衣房,设置一番,按下按钮,剩下的就是等着取衣服了。

房间里只要有自动清扫器,也不用自己动手打扫。

曾几何时,我们结婚娶妻,是为了得到一个献身于自己的女人,同时也获得了准备好的饭菜、清理好的房间。

可以说，男人是为了这些而结婚，然后把工资交给老婆。

然而现在，饭菜和干净的房间，没有老婆也能获得。

而且，也不必为了请老婆做这些事而对她低头，讨好她。

可以想吃就吃，想睡就睡，想起床就起床，没有人会抱怨。自由自在，其乐无穷。

这种方便的全自动生活，大大削减了男性的结婚意愿。

受母亲过度保护的男人更不愿结婚

少子化的同时，男性的数量当然也在减少。

孩子数量少了，母亲就会对男孩进行过多的干涉。

像过去一样，有四五个男孩，不可能每个都顾得上，只能让"大郎、次郎、三郎"排排坐，喂他们吃饭。

但在如今少子化的情况下，只有一个男孩，母亲往往会溺爱孩子。

总之，在母亲的过度保护下，男孩爱向母亲撒娇，一味依赖母亲。

这样，比起寻求平等关系的妻子，一味溺爱自己的母亲更像天使，更加难以割舍。

我曾听百货商店一位卖领带的小姐说，有一位男客总是和母亲一起来。那位男客40岁上下，问母亲："这条领带适合我吗?"

身边有这种溺爱自己的母亲,难怪男人不愿意结婚。

靠自慰满足的男人,不愿再去讨女人欢心

那么,性需求怎么办呢?这一条没有老婆总是不行的吧?

不,这方面也有新动向。

首先,大家要理解,男性的性欲是靠射精来满足的。阴茎勃起,射精,欲望就得到了满足,内心就获得了平静。

而射精,通过自己的双手就可以解决。

实际上,从初中二三年级开始,对性迅速觉醒的男孩,就会自己触摸阴茎,自慰射精。

在这个年纪,看到女性的裸体、照片,甚至看到"子宫""阴道"这样的字眼就会兴奋自慰。

有时,大人以为初中高中的男孩在自己房间里乖乖学习,实际上他们是在自慰,最后脑子昏昏沉沉,开始打瞌睡。

老老实实待在房间是没错,不过不一定是在学习。

这种倾向,长大后上大学、进入社会后也不会变。

只要手淫,涌起的欲望就会得到满足,身心舒畅。

这是男性特有的欲望处理法,是和女性截然不同的性习性。

当然,女性也会自慰,但不像男性那么频繁,性满足度也低很多。

女性的高潮，还是要靠和相爱的男性肌肤相亲、温柔爱抚才能获得，很少能一个人获得满足，就算获得了满足也会感到空虚。

但是，男性就可以单靠自慰获得充分的满足。

而且，现在能够让男性获得性兴奋的音像制品比比皆是，还有形形色色的情色网站可供选择。

如今，有很多男性会一边安静地看这些音像制品，一边沉溺于手淫。

说到这些，也许有些人会觉得不可思议："那女性怎么办？男人不需要女人的身体了？"

当然，能触摸到女体是最好的，享受女性肉体是无上的快乐。

但那仅限于和喜欢的女性心意相通、相互满足的时候。

如果能顺利到达这个阶段是最好的，但不一定万事遂心，甚至还会合不来，最后不愉快地分手。

越是和女性接触少的男性就越容易失败。一次又一次，就会对女性失去信心。

这样的男性，很多最后只能缩在自慰的世界里。

在自慰的世界里，不用讨女人欢心，也不用使尽浑身解数。

可以沉浸在自己的世界里,达到完美的高潮。

而且,现在还有可爱的女孩模样的充气娃娃,可以用甜美的声音说"你回来啦",还会告诉你"好舒服"。有这样的娃娃相伴,当然不需要又棘手又花钱的真实女性了。

如今不想结婚的男性中,恐怕有很多都沉溺于这样的游戏。

看上去平淡无奇的数据里,隐藏着现代社会各种各样的问题。

不结婚,舆论压力也没那么大

还有,大都市和小城镇的适龄男女对结婚的看法不同,这一点也不能忽视。

现在,在东京等大都市里,三四十岁的单身男人,并不会遭到众人白眼。不仅如此,有很多人还会被当成是优雅的单身汉,享受羡慕的眼光。

事实上,当事人本人也在充分享受单身的乐趣。

相反,在小城镇,过了30岁还单身,就会有很多人带着异样的眼光问你"为什么不结婚"。

过了40岁还不结婚,多半就会被怀疑"有身体缺陷"。

当然,这种异样的眼光,对单身女性来说更难以承受。

正是这种严厉的社会舆论,将年轻男女逼上了结婚这条路。

然而，在大都市，这种异样的眼光几乎看不到。有没有结婚，大家都漠不关心，更别说因此责难别人。

这种社会环境的差异，可以说让都市年轻人的未婚率进一步上升。

这样看来，如果没有社会对单身的异样眼光，也许人类会是不婚的种族。

第三章　传统的婚姻形态已经崩溃

近来,大家虽然仍对结婚持肯定态度,但实际上不婚化的倾向在加剧,这是我们必须面对的现实。

为什么会产生这种现象？下面,我们边看数据边听大家的心声,来分析这个问题。

最近,经常能听到"婚活"①这个词。

"婚活"是"结婚活动"的简称,例如,相同人数的男女聚在一起,一边吃饭,一边寻找结婚对象。

现在,一对一的老式"相亲"已经不常见了,而这种新型社交方式能够快速地找到结婚对象,在单身男女中非常流行。

---

①"婚活"是"结婚活动"的缩略词,即为了结婚之最终目的而进行的种种活动。

不过,这样的婚活,似乎女性比男性更为积极。

现今的男性被称作"草食系""植物系",对女性不甚积极,反而有很多女性对结婚很积极。

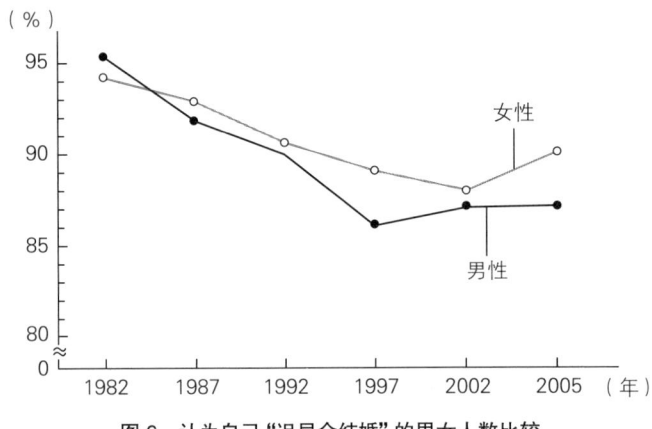

图6 认为自己"迟早会结婚"的男女人数比较

(根据国立社会保障·人口问题研究所《第13次出生动向基本调查》数据绘制)

1982年,认为自己"迟早会结婚"的男性占的95.9%,超过了女性的94.2%,之后男性的结婚意愿呈现显著的衰退倾向。

"婚活":女性比男性更积极

为什么呢?

首先,单纯从对结婚的憧憬来看,可以说女性比男性对结婚抱有更多的幻想。

当然,男性也不是说对结婚毫无幻想,不过除了女性那样的憧憬，同时还会对结婚后的生活和自己收入感到现实的不安和负担。

这种恐惧的加深，导致逃婚的男性也不少见。

而女性则可能期待着"白马王子"，对结婚怀着无限的梦想。

对女性来说，未来丈夫的收入和地位，可能会给自己今后的人生带来很大变化。男性的生活水平则只能靠自己的地位和收入。因此，可以说，男性对结婚的期望必须是现实的。

现在，女性对"婚活"的态度比男性更积极，是因为女性对结婚怀有更多的梦想和期待。

女性的梦想和天赋特权离不开男人

另外，对女性来说，不能忽视的是性生活会带来孩子。这正是女性的宿命，生理上的特性，女性专享的特权。

不管男性多么希望，多么努力，也没法生孩子。

这项女性特有的能力是伟大的，但这种能力有年龄限制。

一般来说，女性从15岁到30多岁都可以怀孕，但在35岁以后怀孕的概率会大幅下降。

正因为如此，女性要生孩子，最好是在35岁前结婚。

当然，35岁以后结婚，也有可能怀孕。更何况还有人工授精可以协助受孕。但考虑到怀孕和生产的安全性，包括育儿的辛苦,还是35岁前结婚最好。

因此,为了不浪费独有的能力,女性便倾向于尽早结婚。

现在,女性比男性对"婚活"更积极,毫无疑问,男女身体上的差异也是一大原因。

理所当然地,幸福地结婚,早早生好孩子,在体力充足的时候把孩子养大,是很多女性的梦想。

自立的女性,需要更好的生活

虽然有很多女性期望着结婚,现实中,单身女性还是越来越多,这是什么原因呢?

首要原因是,这些女性大多都有工作。

现在,处于结婚适龄期的20岁以上的女性,大多都在工作。

当然,她们的工作种类和收入虽然千差万别,但都从年轻时就在工作,努力养活自己。

因此,现在,大部分都市女性都有自己的收入,有自己养活自己的能力。

在这种状态下,既然结婚,就希望生活上比现在更富有,精神上更满足。

于是,就算结婚,她们大多也选择双方都上班。

当然,也有女性愿意当专职主妇,靠丈夫的收入生活。

但在这种情况下,就需要丈夫有足够的收入,才能保证比现在更好的生活。

另一方面,对被关在家里抱有不满和不安的女性,也许一开始就不会进入家庭。

无论如何,在现在的都市女性中,专职主妇不像以前那么普及,"嫁人"的意义正在发生急剧的变化。

独立的女性,讨厌"嫁人"

曾经,女性结婚,就意味着要嫁入男方家,侍奉对方双亲,服从家规。

"嫁"这个字如其字形所示,意味着成为夫家的女人。

然而,如今,这种观念对年轻女性并不起作用。特别是大都市的女性,很难要求她们这样。

只能要求她们非常形式化地叫丈夫的父母一声"爸爸""妈妈"。

她们也会认为,丈夫的父母和自己的父母一样重要。

但是,这只是"必须"这么想,并非发自内心。

而且,虽然也想尊重夫家的习惯,但是否积极去适应,那就是另一回事了。

表面上看起来适应了,内心也不一定完全认同。

还有,过去嫁到夫家,妻子理所应当要葬在夫家的墓地。

既然成了这家的女人,就早晚要和丈夫及公婆长眠在一起。

然而现在不少女性很难接受这样的事情。

和老公两个人在一起尚且可以,老公的父母就免了。死后至少能离夫家人远远的,好好休息。甚至有很多女性想和自己的父母安静地长眠。

如此这般,对结婚的看法,特别是对"嫁人"的看法正在急速变化。

在这种情况下,人们不由长叹"结婚好沉重"。

要跟对方的家庭、兄弟姐妹甚至亲戚打成一片,真是一项高难度的任务。

还不如和自己喜欢的人开开心心地住在一起,有了孩子就生下来,一起养育。

没有更轻松、快乐的婚姻形式吗?现在,主要在大都市,很多年轻人正在思考、期待着精神负担较轻的婚姻形式。

乡下父母们的不满与失落

然而,留在小城市和乡镇的父母怎么看待这些年轻人的婚姻观呢?

前几天,我就当今大都市和乡镇婚姻观念的差别询问了几位父母的意见。

例如,住在熊本的 58 岁上班族 K 君。

他有一儿一女,长子在学校时成绩很好,一家人从清苦的生活中攒钱送他去了东京的大学,毕业后好不容易进了东京一家电力公司。

因此,周围的人都羡慕他有福气,有这样的儿子,他自己也很得意。

不久,儿子在东京找到了女朋友,两人结了婚。

理所当然,他去东京参加了儿子的婚礼,见到了新娘的双亲、儿子公司的上司。他深信儿子一定会过得越来越好。

儿子工作顺利,儿媳不久又生了个男孩。

孙子也有了,他总算是放心了,可熊本距离东京路途遥远,好不容易才能见孙子一面。

他和老伴一起去东京看孙子时,儿子的公寓住不下,他们只能住在宾馆里,一家人在一起的时间非常少。

之后,儿子和儿媳也只在正月的时候才会回老家一趟,通常也是住一晚就走。

"跟儿媳没说上什么话,也不能陪孙子玩,都不知道他们在想什么。"

"回家也不知道帮忙,那算什么媳妇,是不能指望了。"

"辛辛苦苦送孩子去东京上了大学,这样一来还有什么意义。"

K君这样叹息道。

这大概是留在老家的父母们共同的不满吧。

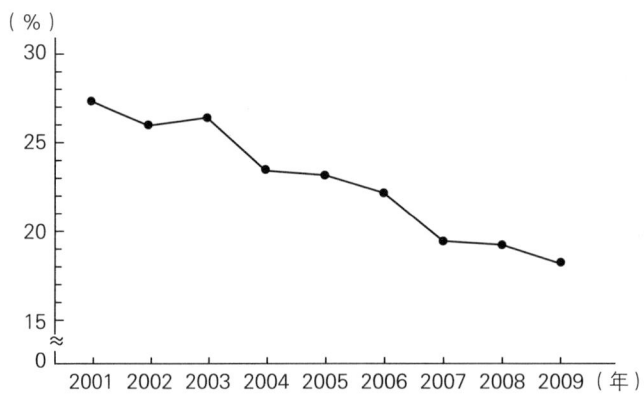

图7　父母(65岁以上)和已婚子女同居率的变化

(根据厚生劳动省《国民生活基础调查》【2009】年数据绘制)

不想和父母一起居住的理由中,婆媳相处等人际关系的烦恼占很大比例。父母也担心"和子女的生活习惯不同",同居率持续下降。

传统的婚姻形态已经崩溃

把儿子从地方送到东京,将来还会和自己一起住吗?还能照顾自己吗?

不仅如此,父母还要担心儿媳妇。

当自己年纪越来越大,身体不方便的时候,东京长大的儿媳妇能靠得住吗?

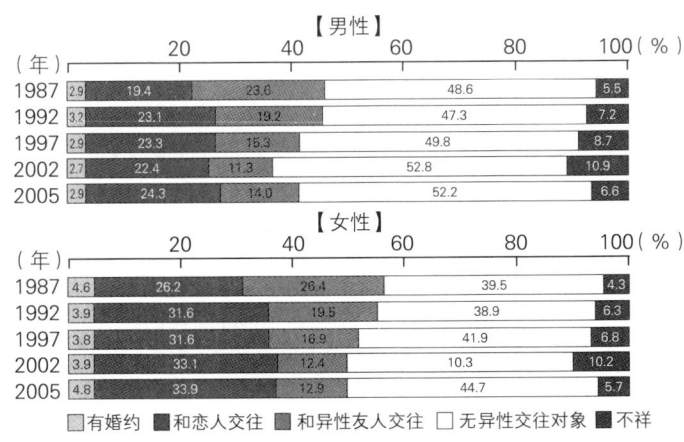

图8 和异性交往状况 对象为未婚者(18~34岁)

(根据国立社会保障・人口问题研究所《第13次出生动向基本调查》数据绘制)

女性有交往对象、婚约者的比例较高。男性不光结婚意愿低,对交际和恋爱也比女性呈现更消极的倾向。

父母们越想越不安,却也无力改变现状。

总之,现在就算结了婚,和以前的婚姻也完全不一样了。

不是娶儿媳妇,而是儿子倒插门了。

而且,现在别说是亲戚来往了,父母子女都没什么来往。

可以说过去的婚姻形态完全崩溃,现在,结婚仅仅是年轻人,也就是当事人之间的结合。

K君的这些不安,更让我注意到,他的儿子和儿媳缔结的,实际上就是事实婚。

双方的家族就不用说了,双亲也几乎不介入,当事人享受着自己的生活,自己养育孩子。

如果不缔结法律上的婚姻关系,就完全是事实婚。

可以说,现在在大都市,不论当事人及其周围的人是否主动接受,接近事实婚的婚姻形态正在迅速并确实地普及开来。

第四章　事实婚的好处和弊端

在事实婚中,女性不需要改变姓氏,并由此带来诸多好处,如可以保持双方在精神上的平等。

不过,凡事不可能十全十美,实际上也存在不少问题。

下面我们就具体来分析一下事实婚的好处和弊端。

现在有多少伴侣在实行事实婚,或是准备踏入事实婚呢?

很可惜,关于这一点,没有确切的数据。不过,在大都市,这样的人想必不在少数。

事实上,就在我身边,也有两名女性正准备实行事实婚。

另外,还有两对伴侣不能明确算是事实婚,但处于相近的状态。

考虑到这些情况,在现实中实行事实婚,有哪些好处和弊端呢?怎样解决事实婚带来的不便之处呢?

我们来试着解答这些问题。

事实婚的好处

首先,事实婚带来的好处之一,是不需要改变姓氏。

一般情况下,结婚后很多女性不得不改为夫姓。

为此,要对很多文件进行姓氏变更,像护照、银行户头、驾照、年金户头,甚至是手机合约、人身保险合约等。

办这些手续需要花很大工夫,浪费很多时间,结了婚的女性中,有很多人除了最重要的,其他的都懒得去改。

如果是事实婚,不用说,这些繁琐的手续就都可以避免了。

当然,也有不少女性很高兴可以在结婚后把护照、驾照等重要文件上的姓改为夫姓。

人有千万样,为此雀跃不已还是不胜其烦,可能也跟每位女性对结婚的看法有关。

目前,事实婚的一大优点,就是不会被丈夫的姓"吞并",确保了个人的存在感。

在传统婚姻中,妻子会理所当然冠夫姓,给人一种妻子从属于丈夫及夫家的强烈印象。

当然,有很多女性认为,事实并非如此,就算姓氏变了,婚姻还是平等的。对这些女性来说,这倒不成为困扰。

但在现实中,主要靠丈夫工作、妻子是主妇的家庭,很快就会出现从属关系的苗头。

实际上,这种从属意识,丈夫当然有,妻子脑中也不见得没有。

如果是事实婚,这种从属关系就会完全被消解,双方的平等意识会增强。而且,在户籍上双方是互相独立的,精神上也能保持平等。

自古以来的婚姻制度,如"嫁"字所暗示的,意味着妻子成为丈夫家的女人。

要求妻子首先要融入丈夫的家庭,成为家里的女人。

同时,也要求妻子和夫家的人好好相处。

所谓亲戚往来,一直以来是委以妻子的最重要的任务。

但事实婚对妻子几乎没有这种亲戚往来的要求。

不仅如此,妻子即使和亲戚们保持一定程度的距离,也没有人说三道四。

这种精神上的自由,可以说是事实婚最大的好处。

最近很多人也提到,如果是事实婚,就可以自由选择自己的墓地。

事实上,选择事实婚的女性都还很年轻,很少有人会考虑到身后事,不过偶尔也会有人谈到自己的墓地。

这种情况下,就可以明确地说:"我想和妈妈待在一块墓地里。"

还有,即使分手,事实婚的话,户籍上也不会留下除籍的记录。

事实婚中,妻子并未入丈夫的户籍,理所当然,分手的时候就没有除籍的必要。总之,事实婚的缔结和解除,都不会影响当事人的户籍,也不会被称作"二手货"了。

在这些问题上,每个人的看法不尽相同,但这是事实婚的优势,应该没有异议吧。

事实婚的弊端

说到事实婚的弊端,首要的就是,现在日本国内,这个词还未被广泛熟知,大多数人并不理解其含义。

当然,这是因为事实婚并未被日本法律所承认。

而在欧美诸国,特别是法国,有 PaCS 这样的制度,事实婚被正式承认。

所以,在法国只要说到 PaCS 没有人不知道,大家只会点头称是;而在日本,听到事实婚,人们多半会摇头不解。

因此,有些事实婚的当事者,为了让对方更容易理解这种生活方式,会解释为"像结婚一般的同居"。

但是,听到这么说,大多数人会嘀咕一句"什么啊,原来还是同居",流露出不感兴趣的表情。

其中还有很多人会奉劝你:"快别浪费时间了,还是老老实实结婚吧。"

这些事实都表明,在日本,同居并不被大家看好。

一对男女自发住在一起,很多人会认为他们还是在"玩玩"。

因此,如果把事实婚解释为"不是单纯的同居,而是一种相互尊重对方人格、相互平等的夫妻关系",反而会被嗤之以鼻:"信口开河,其实还是玩心不死。"

这种倾向,在年纪大的人身上更常见。小城市和乡镇中持这种观点的人也远多于大都市。

很多事实婚者在众人的不理解中,只能保持沉默,陷入孤立。

特别是家人的反对和不理解,会更加伤害事实婚的当事人。

所以,很多事实婚者都努力至少让自己的父母理解自己,却常常无功而返。

甚至还会被父母要求正式结婚:"这样做会丢大家的脸,赶快结婚入籍吧。"

面对亲人和大众的不理解,应该怎么办呢?毋庸讳言,这是日本的事实婚者要面对的严酷现实。

特别是维持事实婚的女性,受到的压力更大。

经常有人告诉她:"那家伙在玩弄你。"

还有人会劝她:"他只想要女人的身体,不想结婚,才会说要事实婚。"

对此,如果回答"我们平等工作,是平等的夫妻关系",只会被嘲笑。

她们普遍感觉"完全不被理解"。怎样消除普通人的这些误解呢?这可以说是正在实行事实婚的人们努力的目标。

事实婚还有一大弊端,就是生出的孩子会变成非嫡生子。一般来说,结婚的夫妻间生出的孩子就是嫡生子,但事实婚夫妻生出的孩子是不被承认的。

明明是事实婚,你和他之间的孩子,父亲不重新办理手续承认这个孩子,在法律上父子关系就不成立。

另外,要让孩子姓父亲的姓,还要向家庭法院提出申请。

而且,"嫡生子"这个词,意味着是法律上缔结了有效婚姻的夫妻间生的孩子,也就是正妻生的孩子。

相对而言,"非嫡生子"这个词则给人一种负面的印象。

因此,很多人在事实婚的状态下怀了孩子,就会赶紧提出结婚申请,让孩子通过手续成为嫡生子。

不论如何,不被法律制度承认的日本事实婚夫妇,被强迫承担了各种负担,这是毋庸置疑的。

还有,孩子出生后,门前挂的名牌也成为一大问题。

事实婚不需要入籍以求统一姓氏,夫妻可以挂各自的名牌。

也就是说一户人家挂两个名牌。

那孩子生出来后怎么办呢?

当然,这时由夫妻两人商量决定随谁的姓。如果能得到法院的许可随夫姓,当然就要挂三个名牌:丈夫的,妻子的,随丈夫姓的孩子的。

有人能看明白,也有人会因此疑窦丛生。

事实婚的弊端,还有无法成为配偶减免①等税务优惠的对象。

这种夫妻夫系本来就未被法律承认,因此无法享受配偶减免,在税务上很不合算。

更重要的是,事实婚的夫妻之间没有继承权。

因为没有入籍,所以任一事实婚对象要继承财产,都需要有

---

① 配偶减免:日本税法规定,纳税者的配偶如果没有收入或者收入较少,能获得一定的税务优惠。

遗嘱才能继承财产,并且要交继承税。这也是目前的现实。

要指定对方为生命保险继承人,也需要很多繁琐的手续。

另一方面,孩子要继承父亲的遗产也很困难,需要获得父亲认领或由父亲在生前明确指定为继承人。

当然,这些只要向专家咨询,履行适当的法律手续,也不成问题。

怎样应对这些千奇百怪的问题从而完善事实婚呢?

当事人之间的理解和合作、坚持下去的决心、不可战胜的爱,都是不可缺少的。

第五章　事实婚是心与心的实质结合
——与社会民主党主席福岛瑞穗的对谈

前面提到,"事实婚"在法国和北欧已经被普遍接受,在日本的社会认知度却很有限,仅限于一部分人之间。

首先我们请来对谈的是已经实行了事实婚的参议院议员福岛瑞穗。福岛正为制定应对少子化及男女共同参与社会事务的政策在国会奔走,关于日本婚姻制度的未来,她有很多想法。

福岛瑞穗

1955 年生于宫崎县。毕业于东京大学法学部。

作为律师,她致力于选择性的夫妻异姓制度①,非婚生子歧视、外国人歧视、性骚扰等问题。

她自己也在实行事实婚,女儿随丈夫的姓。

1998年,代表社会民主党参加参议院议员选举,以选票第一位当选。2003年,任社民党总裁。活跃在环境、人权、男女平等、和平、雇用等五大领域。

夫妻异姓是理所当然的

渡边　最近,我对于日本的婚姻制度思考了很多:中老年离婚问题,老后护理问题,缺乏活力的"草食系"男子,独身主义,"婚活"女子的焦虑等,日本人无法获得幸福的现状,多少都和"婚姻"有些瓜葛。

现在日本的婚姻制度,是否有些过于沉重呢?这成为我思考的问题。我觉得,如果能更轻松地生活在一起,愉快地生养孩子,整个日本应该会更充满活力吧。应该有越来越多的人认为原有的婚姻制度过于死气沉沉、惹人厌烦吧?

福岛　我也这么认为。男人还没交女朋友之前,就开始担心自己的薪水养不起对方,养不起孩子,一路悲观下去。对女性

---

①此制度用以保障日本女性婚后对自己姓氏的自主选择权。

来说，结婚、生孩子，也耗尽了自己所有的可能性和梦想。大家都想获得自由，婚姻却成了枷锁。

渡边 "女"字旁加上"家"，就是"嫁"，这个字本身就让人觉得灰暗沉重。相比之下，反倒是不受传统习俗和法律束缚的事实婚，更应该被普及开来。所以今天，我想听听长年坚持事实婚的福岛小姐的意见。

福岛 原来如此。我和我的伴侣已经一起生活了近30年，但没有提交结婚申请。孩子是非婚生子，我算是名副其实的"未婚妈妈"，只是没人这样当面叫就是了。（笑）

渡边 那我就开门见山，问问具体的细节吧。府上的名牌有两块吗？

福岛 对，写着"××・福岛"。

渡边 孩子随谁的姓呢？

福岛 刚生下来的时候是随我的姓，后来补了变更手续，现在随父亲的姓。

渡边 那么，一开始为什么要选事实婚呢？

福岛 可能是觉得适合自己吧。而且，如果结婚的话就得有一个人改姓，他说："我不想改姓，所以你不想改的话我也理解。"所以，如果允许夫妻异姓的话，我可能也早已结婚了。

事实婚是心与心的实质结合

渡边 纠结于夫妻同姓,放眼望去,世界上也只有日本了吧。日本真落后啊。

福岛 我十几岁的时候,知道了萨特和波伏娃的事实婚,很是憧憬,这也是原因之一。

渡边 您先生是个什么样的人?

福岛 是我大学时的同学,一个圈子里的人。我们从18岁就一起参加男女平等之类的主题活动。他和我同一职业,也是律师。

渡边 他的父母怎么看呢?

福岛 有一次我开玩笑说:"有这种伴侣,很糟糕吧?"他们说:"不,我们儿子喜欢的,就应该是你这种人。"(笑)不过,这么说也许有点奇怪,事实婚和夫妻异姓,在我20多岁的时候多少有点像穿着新做的衣服显摆,现在这件衣服倒是穿旧了。(笑)

渡边 事实婚对于律师这份工作,有什么阻碍吗?

福岛 我倒是严阵以待,准备着要是有人歧视我,要狠狠还击,可惜没有。实际上,我还在见习的时候就生了孩子,当时的上司就嘀咕了一句:"哦,无政府主义生产啊。"(笑)没人当我的面说什么。作为律师,也接手过不少有关事实婚的诉讼,可以说既是我的兴趣所在,又能体现生存价值,还能获得报酬。

渡边 法国有很多人实行事实婚,事前讲好条件,要求双方遵守最低限度的规则,缔结契约,你们也是这样吗?

福岛 我们没有。如果有一天忽然听说对方破产了,也许会大吃一惊。基本上对对方的存款、财务状况漠不关心。我们分别在不同的事务所做着不同的工作。最多以旁观者的角度夸奖对方一句"工作很努力嘛"。大概就是这样的关系。住房贷款也是一人一半。全家一起去旅行,我出旅费,他就会出餐费,非常公平。

渡边 与其说公平,不如说是互相信任吧。互相独立,也是一个很大的原因。家务也是平等分担吧?

福岛 他在照顾孩子这块做得比较多,饭也是他做得好吃,所以经常是他做。

渡边 越听越觉得是理想的婚姻啊。

福岛 不,我们的关系跟婚姻制度不沾边,只要一方收拾行李出走,我们的关系就算完结了,所以总会想着"要对他/她好一点",这反倒是件好事吧。

渡边 原来如此,是真正意义上的心与心的实质婚姻呢。

老爷子们制定的婚姻法要改改了

渡边 夫妻异姓和事实婚,是无法分开的两个问题。实际上,职业女性为自己的姓名很是苦恼。我以前和一位女编辑一起去巴黎采风的时候,遇到了很麻烦的问题。住进宾馆时,忽然想起来有急事,但不知道她的房间号。她工作的时候用原来的姓,所以我知道她原来的名字,但住宿登记的是她护照上的户籍名。

福岛 确实如此。男性国会议员会若无其事地说:"夫妻同姓,对我来说完全不造成困扰。"他们完全不了解女性的难处。大学老师、研究者换了姓之后,和发表论文的名字完全不同,也很麻烦。

渡边 议员中间,也有些老爷子叫嚷着夫妻异姓不成体统。曾经有位议员对我说,现在的婚姻制度守卫着日本古老的传统,可以预防婚外情。怎么可能呢?现在婚外情还不是越来越多?(笑)

福岛 夫妻同姓的,也有关系很差的,恨不得把对方扫地出门。(笑)

渡边 仔细想想,日本的法律,其实都是老爷子们制定的。

福岛 男性没有禁止再婚期,女性却有,确实是很古老的法律啊。实际上,我周围有很多事实婚,大家也并没有大惊小怪……

渡边 不过,这在小城市可就是大事了。很多人会觉得不能接受。大城市和小城市的婚姻意识差距很大。最近有件事很让我吃惊,一个小城市的单身幼儿园老师,因为陷入婚外情成了单身妈妈,幼儿园掀起了驱逐她的运动。问问当地的人是什么看法,他们说,当然要赶走。搞婚外情搞出孩子的女人,怎么能把孩子交给她?如果是在东京,就不至于如此。

福岛 我去挪威的时候,当时30多岁的负责能源的女官员成了单身妈妈。父亲是谁,媒体却并不追究。而且,大家都觉得,她也应该休产假。虽说是婚外产子,但没有人会觉得她私生活糜烂,或是生活态度不端正。他们最尊重的是感情,这种感觉真好。法国也有女法务官员怀孕当了单身妈妈,媒体并不觉得是大丑闻。如果是在日本,肯定会引起轰动。但那是她自己选择的,怀孕,接受自己的命运,当了未婚妈妈。如果社会把她们当作过街老鼠人人喊打,结果就会不一样了。

再婚人士更多地选择事实婚

渡边 而且,对中老年人,我更推荐事实婚。

福岛 以后将进入老年社会,要是都能活到100岁,中老年结婚的人会有更多人选择事实婚。因为如果正式结婚,配偶会变成法定继承人,孩子们不会轻易接受在父母人生后半程登场的人。

渡边 孩子们一定会反对父母再婚,因为继承遗产的时候自己的遗产会减少。

福岛 再婚的时候,有更多人选择了尊重各自生活方式的事实婚。

渡边 这方面,我们需要更多的自由。日本的婚姻都是理想主义的,有一个冠冕堂皇的前提,那就是夫妻相爱,但男女之爱很容易转移,这是人性。有很多男女并不那么相爱,只是形式上的夫妻。真是浪费啊,浪费人生。爱情没有了,就应该自由地离婚、再婚,甚至可以三婚、四婚。重要的是自己想怎样和对方一起生活。

福岛 我并不想向所有人推荐事实婚,那是个人选择的问题。事实婚中,伴侣出走了,因此痛哭的人也有。事实婚者需要一定程度的觉悟、气度,还有经济能力,还要考虑自己是否适合。要不要提出结婚申请,要不要改姓,以能否让自己快乐为基准选择就好。自己最适合什么,有选择的自由就好。没有必要,也不可能大家都过一样的生活。

渡边 我自己也要好好想想,解开这世上的难题。福岛小姐也请在政界努力,为日本建立自由的婚姻制度。

福岛 对,为建造一个更快乐的日本,一起努力吧。

(2010 年 2 月 21 日)

第六章　现身说法之一：平等独立的事实婚

接下来,我们请出正在实行事实婚的当事人,大家来讨论一下在事实婚中遇到的各种问题。

事实婚之前的个人境况

第一个现身说法的是中田富子(化名),横滨出身,现年35岁。

中田小姐在东京都内某私立大学读四年级时,去了美国留学。回国后,修完原大学的硕士学位,在外资企业就职。此后,又就读同一大学,研修博士课程,获得了博士学位。

她事实婚的对象是小池一郎(化名),与她同岁,两人在大学认识。他在电机制造公司就职后,两人订婚。中田小姐回国后,两人举办了结婚典礼,但没有提出结婚申请。

两人的家庭环境

结婚8年,尚无子女。

现在还不时有人问他们为什么要坚持事实婚,她举出的最大理由是为了避免被贴上"女人应该……"的标签。

她从小就讨厌被别人说"女孩就该怎样怎样"。

产生厌恶心理,似乎是从外公经常给她读的《谚语辞典》中的"一女二男"这个谚语开始。这个谚语的意思是:"第一个孩子是女儿比较容易养,生了女儿,再生儿子,会很轻松。"同时她觉得也有"第一个孩子是女孩父母会很失望"的意思,曾经问妈妈:"生我的时候,是不是很失望?"

当然,妈妈给出了否定的答案。从那时候起,她就有很强的性别意识:"女孩子没什么不好。"

另一方面,富子的母亲是两姐妹中的姐姐,没有兄弟。结婚后也和娘家父母生活在一起,但不能继承娘家的姓,家里的玄关前总是挂着两块名牌,一块写着娘家的姓,一块写着丈夫的姓。

因此,富子从小就对姓氏很关心,曾经想过成为外公外婆的养女,继承母方的姓。

有人说:"你是女孩子,不用这样做。"为什么女孩就不行?她曾经为此很生气。

母亲并不在意富子和弟弟的性别,不会说"因为是女孩"或

"因为是男孩"而对他们区别对待,买东西也会尽量满足他们的意愿。

例如,富子说"想要怪兽图鉴",母亲就会给她买怪兽图鉴;说"不想穿红色的衣服,想穿蓝色的",母亲就给她买蓝色衣服。

富子觉得自己很幸运,同时也对"因为是女孩,就该怎样怎样"的世俗看法很不满,无法理解。

这样长大的她,在高中就觉得"为什么结婚后只有女方要改姓",决定"就算结婚,我也不改姓"。

当时正好报纸上在讨论"夫妻异姓",她认为等到自己结婚时,也许不用改姓了。

不久,认识了同一所大学的未来伴侣,订了婚,她提出"结婚后也不想改姓""事实婚可以避免改姓,而且法律不久也可能会变"。对方说:"那就暂时不提出结婚申请吧。"于是,他们开始了所谓的事实婚。

男方更提出:"如果你不想改姓,我随你的姓也可以。"

但他是长子,富子的母亲反对说:"让长子改姓太过分了。"所以,他们至今仍是夫妻异姓,保持着事实婚。

早在 20 世纪 90 年代时,人们就曾公开讨论是否要修正法案,实行有选择的夫妻异姓制度,至今却仍未付诸法律,被搁置在一边。这种落后状态,我认为是日本家族制度的陈旧观念仍然根深蒂固的一大证明。

针对以上情况,丈夫的双亲是何态度呢?

幸运的是,他的父母与其说是开明,不如说是放任主义,让他们随自己心意,很爽快地承认了夫妻异姓的事实婚。

富子的父母虽然在意世俗眼光,但因为从小很了解富子,也没有反对事实婚。

特别是考虑到两人住在一起,父母马上要去海外就职,富子夫妻和外祖父母一起生活,不改姓反而更方便。

不论如何,两人都保持原来的姓,贯彻事实婚,这也从没有引起家庭问题。

亲戚们的反应

另一方面,她的亲戚们的反应各式各样。

富子和丈夫都是横滨出身,丈夫的母亲是东北地区出身,当地很多人对家庭的观念很守旧,但身为一家之长的祖母,思想却很开明。

所以,不管是贺年卡还是礼物,富子都直接署上自己原来的姓和全名。

当然,对方并没有特别在意这件事,对"现在时代变了,结婚后也有很多人保持原来的姓"表示理解。

反倒是富子的祖父,对她保持原来的姓颇有难色,嘀咕着既然住在一起了,不是应该随夫家的姓吗?

当然,这也是出于对富子夫家的客气,富子解释说"丈夫很理解",就没有人再埋怨了。

朋友们的反应

朋友们的反应也是各不相同。

一开始,说是事实婚,经常会有人问:"就是同居吧?"或者"那就是地下夫妻?"

详细解释很麻烦,有时就会随口回答:"嗯,差不多。"有人就会问:"那准备什么时候正式结婚?"

这时拿出结婚仪式的照片,大多数人就会在"哦"的一声后陷入沉默。

如果直接说"我们是事实婚",就会有很多人"啊"的一声,做出不可思议的表情。于是还要加上特别说明:"在夫妻异姓的法案通过之前,我们暂时不提交结婚申请。"

他们结婚时,事实婚的认知度很低,经常遇到不理解的人。最近理解者渐渐变多了,还有人笑他们是"赶时髦"。

另一方面,丈夫在电机厂商工作,也并没有向朋友一一说明自己是事实婚。

但因为戴着结婚戒指,大家都知道他已经结婚,有时会被问到:"太太是什么样的人?"

特别是一起喝酒时,曾有人提到:"你太太不随你的姓呢。"他反而会自豪地开玩笑:"她用自己的名字工作,可是很吃香呢。"

事实婚的好处

富子觉得,女性结婚后不改变姓名,保持原来的姓,好处多多。

首先,没有随丈夫的姓,就保持了精神上的自由,常常会意识到自己还是自己。如果随夫姓,会让丈夫感到妻子"属于自己",自己也会感觉"属于丈夫",从属感很强。自己已经习惯的旧名,也不得不舍弃。

像这样,能保持各自的独立感,不会变得相互依赖,是事实婚最大的优势。

而且,如果随了夫姓,以后和自己娘家的父母见面时,就会被当成嫁出去的人,和自己的娘家兄弟之间也有了距离。

反过来,如果丈夫随了自己的姓,会有"倒插门"的感觉,自己和父母会觉得对男方来说太过分。

这样想来,还是各自独立,保持原来的姓比较公平,也能互相尊重对方的独立性。

他们相信双方的关系并不会因此变得冷漠,而是更加互相欣赏,互相珍惜。

这点因人而异,不过,至少在目前,他们认为事实婚能互相尊重人格,促进相互理解,对自己来说是最理想的婚姻形态。

当然也有坏处

那么,会有什么坏处呢?

下面这点也许还称不上什么坏处,不过也算是个小麻烦:以前,很多大学的学位论文必须以户籍名署名,否则不算数。现在,有越来越多的大学承认以常用名署名。

实际上,在相当大的范围内,事实婚者的权利跟法律婚姻一样被承认,没有带来太多不便。

不过,申请各种贷款时,非法定夫妻会遇到各种困难。而且,事实婚的夫妻经常被认为整体感较弱,富子夫妇尽量一起出席亲戚间的活动和聚会,想强调夫妇关系紧密。

她也常和丈夫说笑:"这样一来就没办法随便分手了。"

需要更加花精力强调两人是夫妻,这也算是一个坏处吧。

两人还没有孩子,如果有了孩子,孩子的身份认定、父母监护权利、随谁的姓等,会产生很多问题。

他们曾经考虑过收养孩子,但事实婚的话,要成为养父母,也许也会遇到困难。

连治疗不孕症,事实婚和法律婚姻也是被区别对待的,这也算是一大坏处吧。

富子给事实婚者的忠告

富子夫妇结婚很早,一开始没有什么财产,两人之间也没有特别缔结什么契约。

现在,两人都有工作,家庭支出两人一起承担,也没有产生什么矛盾。

不过,作为事实婚的前辈,富子想给以后的事实婚者一个忠告:在踏入事实婚之前,要好好想清楚自己为什么要这样做,也要和对方深入讨论,双方充分沟通取得一致后,才能实行。

同时,关于事实婚解除时的财产分配问题,两人也要充分沟通,未雨绸缪。一旦发生矛盾,至少做到依照法律婚姻的标准进行裁决。还有,今后居住卡[①]上,国家会采用纳税者号和社会保险号,夫妻两人户籍不同,也会产生问题。

富子说,要留意这些问题,不要让事实婚的权利受到威胁。

[①] 日本以家庭为单位,为居民制作的卡片,上面记载姓名、住所、出生年月日、性别、成员关系及户籍关系等。

最近的潮流，事实婚越来越多

最近，特别在大城市，"事实婚"这个词逐渐普及，正式公文中也会提到。例如，民间的健康保险组织、互助组织中也有更多人能理解事实婚，不少会提到"事实婚者也可加入"。

富子以前在居住卡上会写"同居人"，现在知道只要能确认双方户籍上均无配偶，就可以记载为"妻（未申请）""夫（未申请）"，换成了这种写法。

标注有"妻（未申请）"的居住卡大有用场，只要有这个，就可以加入年金计划、健康保险、抚养计划，还可以享受通信费用和体育俱乐部的家庭折扣、航空里程累计等服务。

最近，结婚后不改姓，沿用原姓的人原来越多，事实上，事实婚也比以前多了。而且，很多20多岁的女性即使"对象是长子"，也"一辈子不会改名字""不想进他们家的墓"。

我想，这些女性积极考虑事实婚，也不算坏事。

总之，希望事实婚这种生活方式，在日本也像在法国一样，早日获得法律上的认可。

第七章　现身说法之二：自由的忘年事实婚

接下来我们继续通过事实婚实践者的体验,来了解事实婚的真面目。

事实婚的第二位实践者,是山口美加(化名)小姐,现年42岁。

从九州的大学毕业后,在东京都内的唱片公司工作。

工作中,她与一位大她21岁的男性逐渐相好,开始了事实婚。

当时,这位男性在服饰公司工作,已经结婚了。

开始事实婚的理由

刚认识的时候,男方虽然处于分居状态,但有妻子和孩子,还没有离婚。

当然,如果男方离婚了,他们也许会像普通人一样准备结婚。但离婚要花很长时间,于是两人开始了事实婚。

后来,他也干干净净地离了婚,但美加为什么还是没有和他入籍呢?

关于这一点,经常有人问她。她说,是因为后来觉得没有非要入籍不可的理由。

美加从小就没有结婚的憧憬,比如说要早点找到英俊的男友啊,成为可爱的新娘啊之类。

同时,也没有结婚后必须要入籍的意识。

当然,那时候她根本不知道还有事实婚这种结合形式。

她知道这个词是在两三年前。15年前她和他在一起的时候,根本没听说过。只因对方说,我们住在一起吧,她就答应了,也没有想过这在将来会成为一个话题。

父母的反应

两人的事实婚就是这样开始的,美加的父母是什么态度呢?

其实,开始事实婚的时候,她的父亲已经去世了。

男方比母亲年纪还要大,所以她对母亲也没说什么。

当然，母亲察觉到她有交往的对象，但并没有过多询问。

15年后的今天，母亲仍不知道她还在和同一个人交往，并且住在一起。

她自己还有一套公寓，母亲来的时候，总是在那边接待，所以母亲也没察觉。

现在，母亲在大阪和弟弟生活在一起，如果告诉弟弟自己和年长的伴侣在同居，弟弟会不得不对母亲撒谎。

为了不给弟弟添麻烦，事实婚的事她连弟弟也没告诉。

另一方面，男方的父母都已经去世，现在只有一个年长5岁的哥哥。

他哥哥20多岁开始就有一位女友，两人一直一起生活，也没有结过婚。

有些人对此感到困惑：两人之间也没什么问题，为什么就是不结婚呢？

美加觉得这样也没什么不好，就没有特意过问他们的事情。

总之，美加他们也好，男方的哥哥也好，都没有特别想要结婚的想法，就这么保持着原状。

周围人的反应

那么，对美加他们目前的状况，周围的人是什么反应呢？

最初,和男方同居时,他还有妻儿,朋友们大多会劝她"放手"。

也有些人劝她说:"这样下去,会没办法结婚。"

但美加自己并没有特别想结婚,也没有与对方入籍、结为世人认可的夫妻的愿望,所以心理上也没有特别不平衡。

反倒是不结婚,可以保持恋爱的感觉,她很享受这种自由的感觉。

这样过了15年,周围的人都认为他们就是夫妻,到了常去的餐厅,店员会叫美加"太太",叫男方"先生"。

当然,因为他们相差21岁,也会有人叫美加"小姐"。

但随着年纪越来越大,两人外形上的差距越来越小,最近两人在一起不再有异样感,美加也越来越像"太太"了。

他们没有特意隐瞒事实婚的事实,她会老实告诉新认识的人:"我只是没有入籍,有一个一起生活了15年的伴侣。"

对此,大多数人会自然地点点头,说一句:"看你们也没有孩子,估计就是这样。"对此表示吃惊的人越来越少了。

其实对周围人来说,他们是否正式结婚是件无关痛痒的事,比起形式上的结婚,双方年龄相差21岁这件事才更令他们吃惊。

好处和坏处

说实话,她没有仔细考虑过现在这种关系的好处和坏处。

也许是贪图安逸,只要享受现在就好了,这是美加的心里话。

本来,男方就比她年长,是老派的男子,如果她和别人亲近起来,想拥有家庭,他觉得也未尝不可。

实际上,要是美加想嫁给谁,随时都可以。不入籍反而方便,或许男方是这么想的。

当然,美加没有这种想法,就算有这种想法,户籍上也还是独身。这可以算是一个好处。

而现在这种关系的坏处,则完全没有感觉到。

有时会有人问:"你们都在一起十几年了,为什么不入籍呢?"

说实话,要应对这些疑问很麻烦。

正因为如此,预感到对方要发问时,她就开始暗示自己"不想回答",赶紧转移话题。

如果说现在的状态有什么坏处,仅止于这些。

那么,今后还会继续事实婚吗?

关于这一点,美加自己没有感到任何不快,这是自己决定的,也没有要改变的欲望。

又没有孩子,还是就这样继续下去吧。

如果对方和自己年纪差不多,这件事就更复杂更难办了。

特别是关于孩子的问题,必须向双方的父母解释,会变得很麻烦。

这样想的话,她最近觉得,反倒是年龄差距大的两人关系会更加美满。

孩子的问题

此前,男方曾经表示过想和美加生个孩子。

他和前妻已经有孩子了,为什么还想要呢?

难道是为了我吗?

但是,美加至今并没有非常积极地想要孩子。

本来,美加就是个自我主义者,"最爱自己",把自己能在现实世界中活得舒服自在放在第一位。

而且,还要好好工作,还是不要孩子好,这个想法以后也不会变。

男方和前妻有三个孩子,因为尊重美加的想法,之后也没有再提孩子的事。

现在,他自己已经超过 60 岁,变得像孩子了。

实际上,他有时会把美加当作妈妈,所以再生孩子就免了。

这是美加的真实想法。

他以前做与服饰相关的工作，工作中会接触很多女性，喜欢明快活泼的女性。

因此，他对美加很温柔，不会居高临下，发号施令。也正因为如此，他们才能长期保持良好的关系。

最近身边的人甚至说他们"长得越来越像了"。

当然，也许是因为他们吃同样东西的缘故。

就像宠物会越来越像主人。

不过，他们之间已经分不清谁是主人，谁是宠物了。

总之，虽然谈不上特别浪漫，但两人对彼此都有充分的安全感。

当事人的交流

至今，两个人并没有认真商量过今后的事。

他们现在住在男方的公寓，美加自己也有公寓，想独自一人的时候就去那里寻找自由。

经济方面，一般的生活费由美加出，外出吃饭的费用大多是男方出，也没有特意划分。

因此，很多时候是双方分担。

关于双方的财产，也没有进行分割、确认。

只是,他在两年前曾请律师起草了遗嘱公证书,告诉美加:为了你好,还是早定下来。

证书美加还没有看过一眼,她觉得,有固然好,没有也无所谓。

总之,她觉得是因为他,生活才这么愉快。她认为他也是怀着同样的感受。

第八章　现身说法之三：解除事实婚

解除事实婚和解除法律婚有什么不同呢？关于这一点，我们来采访一下有此经验的事实婚者。

第三位事实婚体验者，是 37 岁的宗方瞳（化名）小姐。
她现在在东京某印刷公司任职。
其事实婚的对象是大学时的同学，现在是私立高中的老师。

如何发展至事实婚

两人在大学时代就开始交往，曾一度分手，但考虑到结婚的话，还是觉得对方合适，所以又复合了。实际上，他们也考虑过结婚。

实际迈入事实婚是在瞳小姐 34 岁时，那时他们认识已经十多年了。

瞳小姐从小就一直被人直呼名字，也许是这个原因，她觉得宗方这个姓比瞳这个名字更有自己的个人特色。

正因为如此，她不想改姓，这是她坚持事实婚的首要原因。

而且，一直以来，瞳小姐都不太认可户籍制度。

她认为，结婚是一件很私人的事情，为什么要向国家提出申请呢？

因为抱着这样的怀疑，和丈夫交往之初，她就曾抱怨："我们俩的名字都有些奇怪，要是结了婚再改姓，那就更糟糕了。"他也在某种程度上理解这一点。

结婚时，她提出"我们事实婚吧"，丈夫颇为疑惑。她说："以前我曾讲过不想改姓，你忘了吗？"他也只好接受。

他其实是个守旧的人，既希望两人的名字能一同写在居住卡上，又希望户主是自己，所以，最终是瞳小姐将名字迁入了他的居住卡。

去区政府申请时，办事员说了声"明白了"，就接受了。看来申请事实婚的人意外地多，两人都为此有些吃惊。

双方父母的反应和结婚仪式

结婚时，双方父母见面，并没有当场对事实婚提出反对意见。

特别是丈夫的双亲表示很理解:"她也在工作,用原来的名字没关系。"

实际上,结婚以后,关于事实婚,对方父母也没有抱怨过什么。公公婆婆叫她"宗方",她有时还会觉得有些不适应。

自己的父母倒是说过:"事实婚对女方很不利,还是入籍比较保险。"她竭力解释,顶住了压力。

在结婚仪式上,亲戚朋友来了100多位,婚礼没什么特别,几乎没提到事实婚和夫妻异姓,也没有人特地拿这当话题。

当时的请帖上,是丈夫的名字排在前面,接下来是瞳的名字,以后的贺年卡上的署名也是这一顺序。

因此,几乎没有人问他们是不是事实婚,大多数人认为就是普通的结婚。

职场上的反应

在职场上,事实婚也没有成为一个特别的问题。

她只是跟直属上司和社长报告了一声:"我马上要结婚了,但不会入籍。"

当时社里刚出了一个未婚产子的女同事,社长苦笑道:"为什么?我们公司的女孩还真怪啊。"

她没跟同事提过事实婚的事。但是每人的年终信息更新中有户主名一栏,别人一看就会知道。即便是这样,也没有人特意向她问东问西。

结婚戒指还是戴着的,同事中间有人知道她是事实婚,但也没有人把这当作一个话题。

公司的女职员中,很多人有离婚、再婚史,却很少有人对他人的私事指手画脚,这也算一件好事。

只是,因为已经结了婚,不知道她是事实婚的人常会问她:"你的新姓氏是什么?"

她回答:"我是事实婚,名字不会变。"有人就会露出一脸不可思议。不过,了解事实婚的人就会说:"真时髦。""你父母真开明。"

结婚时一般情况下公司会出礼金,但因为他们是事实婚,就没有这项福利了。

丈夫这边,只要举办了婚礼,拿婚礼的流程和婚宴座次复印件就可以领到礼金。

开始事实婚

瞳小姐搬进了丈夫的住所,两人开始了事实婚。

有些人会在事实婚前通过律师缔结婚前协议,但瞳小姐没有想那么多。

关于生活费,因为两人都工作,瞳小姐的工资较高,房租各自承担一半,公共费用由男方出,饮食和生活杂费由瞳出,在外面吃饭就双方各付一半。

两人工作都很忙,几乎不会在家里吃饭。

双方不知道对方的支出是多少,有时会有不满,觉得对方是不是占了便宜。事后反省,瞳小姐觉得这一点比较失败,当时应该早点说明白。

事实婚的解除

好不容易走到了一起,但事实婚三年后他们就分手了。

有人问他们是不是"喜新厌旧了",他们认为是因为双方都太忙了。

当时,他还是讲师,每次签约期限是三年或五年,其间做不出成绩就会被辞退。

所以他还算是个学徒,回到家也总是在工作,不这样的话就赶不上别人。

瞳小姐的工作也很不规律,周末也总是在工作,两人几乎没有时间一起出去玩,或是悠闲地用餐。

偶尔去短期旅行,也因为平时缺少交流,气氛不够融洽。

不久,她就越来越感到,在一起也很无趣,这样的话,同居就失去了意义。

婚后两年多,两人曾经谈过,决定要"互相加深沟通"。

但是,情况没有多大好转,马上又变回了原来的状态。谈话的时候总担心会吵起来,不能畅所欲言,双方都很不安,交流也成了一大负担,让人心生恐惧。

而且,他们没有采取避孕措施,却不知什么原因总也没有孩子。

瞳自己想早点生孩子,但不能遂愿,两人之间的关系越来越远。

还有一些小事,比如,两人都很忙,家务却是瞳一个人做,这也是不满的一大原因。由于两人的敏感程度不一样,瞳总是最先察觉到房间乱了,然后就会收拾打扫。这样一来,她觉得自己的负担太重了。

怎样解除事实婚

最终分手的原因,还是分歧太多,双方性格不合,这和一般的婚姻差不多,和是否事实婚这种形式完全没有关系。

尽管瞳也没有特别讨厌丈夫,但最终她还是提出:"我准备搬出去住。"

在这之前,她曾经问公司的女上司:"要和一个也不算讨厌的人分手,应该怎么做呢?"对方劝她说:"先短期租个月租房搬出去,首先离他远点。"

于是,她赶紧租了房子,向他提出"要搬出去"。

他马上表示反对。她回答说:"情况完全没有好转,住在一起也毫无意义。"毅然搬离。

后来,他们有两个月的时间断断续续相约谈心,但没什么结果,于是她从月租房转为长期租房,这样一来,就必须更改居住卡。

她提出要"更改居住卡",他不同意,要求"再等一等",于是又等了一个多月。

对事实婚来说,居住卡的变更是最大的问题,为此,两人又僵持了很久。

他后悔说:"如果是登记结婚,就不会这样了。"瞳则认为与此无关。

事实婚解除后

就这样,两人最终分手。两人没有共同的银行账户,经济完全独立,财产、家具等的所有权也很清楚,完全没有遇到什么麻烦。

但是,因为是瞳提出解除事实婚,她觉得对方有些可怜,所以把结婚以来买的电器都留下了。

也正因为如此,瞳自己的心情没受到影响,对解除事实婚这件事并没有感到多少遗憾。

瞳的父母对男方很满意,瞳告诉他们分手的消息时,父母觉得很可惜。周围的人劝瞳的父母说:"两人没孩子,又没入籍,说起来还算是件好事。"父母也只好接受了。

对方的父母则是很淡然地接受了,因为是"你们俩的决定"。

只是,开始新生活,又要买新的家具和生活用品,超乎想象地费钱。奖金马上就没了,瞳这才知道:原来离婚是很花钱的。

公司同事也有人来问:"那名字又要改了?""又要改回旧姓?"这令她更深刻地感到,还是有很多人在意变更姓氏这回事。

不过,并没有人把这跟事实婚扯上关系,这一点倒是让她松了一口气。

好处和坏处

事实婚的好处,首先就是不用改姓。信用卡、护照,都不用改,公共领域的常用名不用改,这点让人觉得很轻松。

和结婚申请一样,离婚申请也有证人这一栏,因为是离婚,邀请人和被邀请的证人,都会觉得有很大压力。事实婚就可以躲开这些烦琐的手续。

虽说最后都是分手,不过,如果不是事实婚,僵持的时间大概会更长。

事实婚有什么明显的坏处,倒说不上来。

而且,"事实婚"这个词有一种自由、男女平等的感觉,听起来很受用。

对事实婚者的忠告

我认为,在瞳小姐的例子中,两人因在开销问题上没有分清造成了分手,所以在金钱方面,一定要商量妥当,达成共识。

但是,划分得太清楚也会让人多虑,要恰到好处很难。

对于犹豫着是不是要事实婚的人,她想告诉他们,一定要先商量好。特别对女性来说,没有经济上的纠葛,生活会变得轻松愉快。

关于夫妻俩的姓,有些人认为"改姓也很不错",那也无可非议。

但在社会上工作久了的人,就算在公司不用改姓,自己有两个姓氏还是很麻烦,不会觉得愉快。

不论如何,以后如果还要结婚,她还是会选择事实婚,这点毫无疑问。

生了孩子,可以继承丈夫的姓。

因为孩子很明显是自己生的,通过名字表明和对方的关系,瞳认为是可以接受的。

第九章 多一种选择——和五位女性的座谈会

以事实婚为主题,我们和出身地各不相同的五位女性一起召开了座谈会。

从结婚开始聊起,到对事实婚到底持何想法、事实婚要注意些什么,大家一起开诚布公地探讨了事实婚的利弊。

出席者(化名)

中村由纪 35 岁　千叶县出身

小柳文乃 33 岁　长崎县出身

平田直子 29 岁　秋田县出身

和泉辉子 29 岁　秋田县出身

石川美惠 27 岁　茨城县出身

对事实婚的印象

渡边 非常感谢大家今天都能出席这个座谈会。

大家都是单身,所以我想先问问大家,有没有听说过"事实婚"这个词?如果听说过,对事实婚有什么印象?

中村 我对事实婚没什么了解,一开始以为就是奉子成婚。不过,读了老师您的随笔,就觉得,事实婚好像也不错……

渡边 中村小姐以前是反对派啰?

中村 每个人想法都不同,我呢,就想结个普普通通的婚。

渡边 你觉得哪种婚姻形式最理想呢?

中村 事实婚的话,时间久了,我觉得会有点不安。感觉一旦有什么风吹草动,很容易分手……要想少一些担心,还是法律婚比较合适。

渡边 小柳小姐呢?

小柳 这要看人,有些人会让我觉得跟他事实婚也不错。听说,事实婚这个词,在法国很普及。要是对方是法国人,说不定还必须这么做呢。(笑)

渡边 如果对方想事实婚,你也觉得可以吗?

小柳 嗯。不过,中村小姐说结婚后时间长了会很不安,我也有同感。对生了孩子随谁的姓、年金的问题等,确实有很多担心。

如果是职业女性,夫妻异姓也许没什么,就我来说,以后很难一边工作一边过婚姻生活。那样的话,就变成靠丈夫的收入生活,却各有各的姓,社会保障怎么办呢?让人不得不担心。这样一想,就会觉得,在日本,事实婚还是很难实行。

渡边 那么,你对事实婚还是持消极态度吧?

小柳 对。我想我是不会主动选择事实婚的。事实婚的话,亲戚之间的交往也会出现问题吧。看看我那些离婚的朋友,大部分都是没能好好融入对方生活的。两个人单独生活,不久就会吵架,然后就分手。

有了孩子的夫妻,和自己的父母、对方的父母、姨表亲戚等多有来往的夫妻,要离婚也会慎重。孰优孰劣说不清楚,不过,我还是觉得有大家庭的意识比较好。

渡边 你是觉得,法律婚在各方面都有安全感,对吧?那么,平田小姐是什么想法呢?

平田 我是怎么都行。不过,我自己家里人关系都很和睦。当然,他们都是法律婚,所以我会觉得普通的结婚也很不错。至于事实婚,我们公司最近也有人实行,我觉得世界上有这样的婚姻形式,它也获得了大家的承认,我自己倒是赞成的。

事实婚要耗费更多精力

渡边 如果有人要求你事实婚,你会怎么办?

平田 说真心话,我想入籍,选择法律婚。这倒不是否定事实婚,而是亲戚们不能接受,这是现实问题,会很难办。特别是小地方,观念很落后。

渡边 和泉小姐怎么样?

和泉 我很想尝试事实婚。我一直都在工作,自食其力,而婚后就忽然要换姓氏,会觉得很不舒服。在我们公司,结婚后不能保持旧姓,不管当事人愿不愿意,通讯录、邮箱地址,都会自动变为户籍名,也就是丈夫的姓。这也许不算大事,但我对此颇有质疑。

同样是工作,大家都能自己养活自己,为什么一定要配合对方呢?社会上就觉得女性理应这样做,不这样做就觉得奇怪,这是怎么回事呢?

不过,如果要事实婚,需要耗费很大的精力吧。在现在的日本,顺应现行制度会比较轻松,即使想事实婚,也会抵挡不住反对的声音,选择法律婚吧。

渡边 实际生活中,事实婚会在公司造成负面影响吗?

和泉 没听说过什么负面影响,不过事实婚还是被认为不太正常吧。例如在福利待遇和社会保障方面,必须自己单独搞定,而且还不被承认。法律婚则被现在的制度承认,就大众接受程度来说,比较轻松。

渡边 接下来,石川小姐呢?

石川 关于事实婚,我只听夏木玛丽①在电视上讲过"法国婚",只是知道有这种婚姻形式。

至于改姓,我觉得这是个有趣的仪式,象征着新的开始。

渡边 简单听大家讲了一下,整体对事实婚的消极倾向很强。特别是考虑到两个人的未来、生孩子等,会很难下决心踏入事实婚。不过,如果对方要求事实婚,自己又很爱对方,会怎么样呢?

中村 如果对方一定要事实婚,也许我会同意。不过,在他提出的瞬间,我会怀疑他的动机,为什么要求事实婚呢?

和泉 我觉得事实婚不错,没有理由拒绝。不过,两人怎样迈向同样的目标,如何对抗周围反对的声音,这些都是问题。

父母对事实婚的反应

渡边 如果你和对方都想事实婚,父母的反应会是怎么样的呢?

---

① 日本著名女歌手、演员。

平田 我想应该会反对吧。我的两个哥哥都是正常地结了婚,我如果提出要事实婚,父亲一定会大受打击。

石川 我父亲连"事实婚"这个词都没听说过。所以,要跟他解释,就要从自己为什么要选择这种婚姻形式开始说起。就算解释了,父母也不会同意。

父母还要处理各种社会关系和亲戚关系,还是希望结婚时能接受大家的祝福。说是事实婚,恐怕没人会祝福,只会反问:"啊?为什么不是法律婚呢?"

小柳 我们家估计母亲会反对,父亲反而是态度比较柔和。如果我决定了,他们应该不会多说什么。

渡边 如果你们要跟强烈要求事实婚的人结婚,有说服父母的自信吗?

石川 没有。

中村 没有。

渡边 虽然没有说服父母的自信,但觉得事实婚也可以接受的,有吗?

和泉 我。

平田 我觉得父母不会接受。

小柳 我觉得问题不大。父亲会很理解。而且我家是父亲做主,母亲虽然一开始会反对,最后还是会听父亲的。

渡边　你父亲为什么会理解呢?

小柳　也许是因为我父亲有点怪吧。(笑)

渡边　长崎一直以来都和外国交流频繁,所以比较开放吧。

小柳　是啊。同样是男人,九州的男人也各有不同。

平田　我们家的话,母亲也许会被说服,父亲很难接受吧。但也不会生气,就是不会再和我说话了。那可有点糟糕。

法律婚对女性不利?

渡边　认同事实婚的人,都说现存的法律婚很麻烦。特别是,为什么女性要改姓?从驾照到银行账户、护照,所有的登记名都要改,很多人对此很不满。关于这点,你们怎么看?

石川　我觉得改变也很快乐。人生只此一次,还是很想体验的。

渡边　你想有这种体验?只有女性要承担这些,你怎么看?

石川　对。我觉得这反倒是好事,男人没法体验,只有我们女性知道是什么感觉。

平田　我也对改姓没有抵触感。本来就喜欢忙于各种琐事,所以这种手续对我来说也算不上麻烦。

小柳　我也是,手续本身我觉得并不麻烦。

和泉 我觉得很麻烦,有很多疑问。我的生活方式和我的姓名是连为一体的,为什么只要求我改变呢?无法接受。

渡边 你们中间有人是自己创业的吗?以自己的名字在做生意?

小柳 我是自由工作者,电视导演。所以应该不会改姓。没人能强迫我改,也不会到非改不可的地步。

渡边 你的想法还是太简单了。如果和户籍上的名字不同,在国外工作时会很麻烦。我曾经和一位女编辑去巴黎,她的名字和护照上的不一样,就闹出了大问题。

小柳 明白。听说用信用卡就很麻烦。例如替公司垫付的情况下,报销时如果户籍名和工作用名不一样,就需要办很麻烦的手续。

渡边 在国内某些企业也许没问题,但如果要跨国工作,就很麻烦。各位中间,和泉小姐对事实婚最积极,你父母会是什么反应?

和泉 我想他们会反对。

渡边 你不在乎吗?

和泉 不能说不在乎,如果对方也很想事实婚,自己也很想,那么自己的人生,还是该自己决定。

渡边 有人特别讨厌希望事实婚的男人吗?

石川 怎么说呢,我要对这种男人说 no。

中村 我也是。

平田 我觉得要看人。如果对方工作和生活都很稳定,提出不要法律婚要事实婚,那倒没关系。如果处于不稳定状态,前途不明,那我要考虑一下。

靠不住的男人们

渡边 最近,男人们经常被称为"草食系",对现在的年轻男性,不管是已婚还是未婚的,你们有什么看法?

平田 觉得很靠不住啊。

小柳 我周围的人,25 岁以后到 30 岁结婚的男性大多都比较可靠。可靠的男人大部分都结婚了。

石川 我很了解这种感觉。一群人中,这种人会在合适的时候作决断。我想是因为他们有自信吧。

小柳 对。所以工作稳定,收入可观。没有决断力的人也不会结婚。

石川 现在,反倒是男性对结婚有各种各样的心理限定吧?自己的收入能不能养活妻子,以后还会有孩子……而且,日本经济不景气,自己也不知道以后会怎么样,无法负担别人的命运……越来越看不起自己,没法作出决定。

渡边 也有人觉得结婚后自己会变得更穷,感到害怕。对于希望妻子婚后工作的男性,你们是怎么看的?

中村 我觉得那是很自然的想法。我的父母都有工作,我对全职主妇反而没什么亲近感。不过,看看母亲,会觉得女人很辛苦。这也成为我一直以来不能下决心结婚的原因。母亲是护士,回家还要准备吃的,很辛苦,父亲只会说"拿这个来,拿那个来",却从不伸手帮忙。这让我觉得结婚后会很累。

渡边 你们结婚后还想继续工作吗?

中村 如果没有收入,即使讨厌对方也不能轻易离婚,也没有这种自由。不管是事实婚还是法律婚,继续工作,交际圈就不会变窄,生活会更自在。

渡边 事实婚的话,应该双方商量好,缔结契约。法律婚也最好双方有个协定。

中村 我即使选择法律婚,大概也会做好简单的口头约定,"结婚后怎样怎样"之类的。不过,与其做好契约、约定,不如双方好好商量,了解对方的想法,这个步骤不能省。

不结婚的理由

渡边 不过,大家好像都是单身,为什么不结婚呢?

平田 理由很简单,我没有结婚意愿,还没遇上想结婚的对象。我倒是没考虑过对对象的要求。

小柳 我进入社会后,周围的男性要不就是在婚外情,要不就是在离婚调停中,都是些感觉不太好的人。看多了,就觉得,有些朋友看上去婚后很幸福,其实不知道丈夫在外面干什么。因此,对结婚也几乎没有什么憧憬了。而且,我工作很忙,一不留神,年纪就大了。

中村 我今年35岁,虽然是准备要结婚的,但对婚姻有种不信任感。也许是因为我父母关系不太好。

而且,恋人关系还好,结婚后有了丈夫,自己的自由就会受到限制,如果他反对我工作,我会很不开心,我也不喜欢每天听他发号施令。我一直对婚姻怀着这种不信任感。不过,这两三年,我慢慢觉得,男人也不一定全是这样吧。

和泉 我觉得结婚的坏处多过好处。结婚后自己的生活就要发生改变,住所也要变,姓也要改,对方的家庭也成为你的责任,坏处很多。

如果和恋人互相信任,为什么要冒这样的险,一定要结婚呢?为什么一定要辛苦自己呢……这样想的话,就觉得还是事实婚比较合理。

石川 我有喜欢的男友,我们的工作态度、对人的看法、生活观念,一开始就很相似,所以才开始认真考虑结婚这件事。

渡边 那么,有对你们说过讨厌结婚,只想同居,或者实际同居过的人吗?

平田 大学和工作后都同居过,有两次。当时没想到结婚。交往的时候,对方因为还住在父母家,就自然搬到我家来,最后都是吵架分手,很糟糕。

中村 我要是同居的话,会加上一个期限,比如说两年。

渡边 什么叫加上期限?

中村 如果同居数年后还不提出结婚,继续同居下去就对我很不利。

渡边 这我很理解。不过这种问题也不能事前订合约吧?

中村 那就没有规矩了……

和泉 我间断地同居过,但对方逼着结婚,我就逃走了。在一起的时候相互陪伴没什么问题,但想到要和他一起到死,就受不了了。分手很花精力,我现在也不想再重复了。

石川 我大概不会同居。每个人都一定有不为人知的一面,一起生活之后才会了解。如果结婚了,就会相互忍耐,相互习惯……可如果是同居,可能就导向分手了。

对事实婚的期待

渡边 怀孕生子是女性的人生重大转折点,但那也是有年龄限制的,因此女性会比较着急,觉得必须参加"婚活",男性则没有这种压力。

法国承认事实婚,国家对家庭福利有很大的投入,从生子、育儿到教育费都有各种补贴。

随着年龄增长,福利还会增加,还有对低收入者、单亲家庭的援助。有三个以上的孩子,补贴会很丰厚。有些人光靠这些补贴就能生活。法国消费税是19.8%,比日本高很多,但食品的消费税被控制在5.5%。

现在,法国的事实婚人数约占婚姻总人数的一半,也是出于法国这种制度的影响。

事实婚让夫妻双方对对方更负责,也不会用奇怪的婚姻法束缚对方。过得不开心了就可以分手。如果你们住在法国,会选择事实婚吗?

中村　在法国的话,感觉完全没有坏处。

渡边　日本还没有完全理解事实婚,但在东京这样的大都市,理解者也越来越多了。登记居住卡时,可以写上"妻(未申请)",政府也会接受。

平田　可以这样吗?

和泉　我还以为会更复杂呢。

渡边　在日本,东京这样的大城市和小地方的观念差距很大。你们都是地方上出来的,应该很清楚吧。

石川 确实,大城市的人想法很不同。很多人会很自然地说"结婚是两个人的事",有些人却不能,出身地也是一个很大的因素。

我是地方上出身的,从小就看着母亲、看着亲戚们长大,知道结婚就是这么一回事。我是独生女,自己的父母是一定要由自己照顾的。就算以后还有对方的父母我也不介意,毕竟他们养育了我喜欢的人……

渡边 石川小姐是独生女,你父母有招上门女婿的想法吗?

石川 我想他们内心深处是有这种想法的。因为我有一个朋友是三姐妹中的大姐,两个妹妹先结婚,她最近刚结婚,丈夫入了她家的籍。虽然我父母总是说"反正你是不会回来了",但他们心里一定觉得"招个女婿进门"才是最大的孝顺吧。

都市和地方的差距

渡边 都市和地方的差距,从东京选出的议员和地方选出的议员的观念上也能体现出来。有些议员甚至说:"夫妻异姓是不能容忍的,那样的话就会出现两块名牌,引起家庭不和。"有这种陈旧思想的议员大多是地方出身。而且地方居民的选票分量很重，地方选出的议员人数多，政界会优先考虑地方议员的想法，有些议员甚至说出夫妻异姓会引起家庭崩溃、婚外恋增加这种蠢话。

我以前曾在一本杂志上呼吁推动夫妻异姓，有人问我："能不能把这段修改一下？"我拒绝修改，他们似乎也颇为困扰，不过最后还是发表了。

日本的政治家都很守旧。至今几乎没有政治家提出修正民法。我觉得问题还在后头。

中国从1950年起就实行夫妻异姓，现在，东南亚也几乎都可以选择夫妻异姓。

像石川小姐这样，20多岁也很保守的，倒是很出乎意料。

石川　我们公司的同事大多数是地方出身的，也许这也是我守旧的原因之一吧。

渡边　守旧没关系，认为适合自己就好，但希望不要强迫大家都接受。

和泉　公司的人，不如说是男人们的想法比较落后……

渡边　现在日本处于过渡期，出现了许多问题，制度却跟不上。政府和公司都跟现实脱了节。

谈了这么久，现在有人觉得事实婚也不错吗？

平田　我本来就不反对，听了您的话，现在倾向于认为事实婚有很多好处。

小柳 我本来不知道事实婚有那么多好处,听了您的话,现在觉得事实婚也不错。同时也感到,有些女性没有自信,没有收入,会让事实婚实行起来比较困难。

渡边 就算是法律婚,也不一定能有保障,实现财产平等。

小柳 就算不能得到同等的财产,也有不少人是为了生活保障结婚的。

渡边 那是在维持婚姻状态的情况下。

小柳 对。所以我有些朋友忍耐着不离婚,一边抱怨一边继续着婚姻生活。所以,如果女方没有自信,是很难实行事实婚的。

中村 以前我对事实婚没什么了解。一直以为法律婚很稳定。实际上,听您解释了什么是事实婚后,反而觉得事实婚比较自由,整体感觉很好。

不过,经济方面怎么办,多少有些不安。如果是单身,还是像现在一样工作还比较好办,要是有了孩子,产后有两三年间隔期,有没有重归职场的能力还是个问题……不光如此,到时恐怕也没有那么多精力了。

渡边 在座的都是女性,读者也许会觉得对事实婚抱有疑问的都是女性,实际上,当今日本,最反对事实婚的应该是丈夫那边的父母。因为事实婚无法束缚儿媳。好不容易办了婚礼，却不能称对方为"我家儿媳"，所以他们都会要求儿子"正正经经结个婚"。

实际上，现在最大的问题是"嫁"这个字的本来意义正在慢慢消失。"嫁"这个汉字，是"到我们家来的女人"的意思，这层意义正在消失。现在，结婚后不是妻子去夫家，而是搬到夫妻俩的小爱巢。

而且，在地方上还有一个问题，大家在乡下都有墓地吧，有些妻子不想进夫家的墓地。问她们想怎么办，她们回答说："想进娘家的墓地。"这样的话，再过二三十年，乡下的墓地应该都只剩斑斑青苔了吧。

所以，儿子要事实婚，首先站出来反对的是父母们。

还有一个问题想问大家，不管是事实婚还是法律婚，死后想进夫家的墓吗？

小柳 我经常和朋友讨论这件事。我还是不想进。我结了婚的朋友也不想进夫家的墓，她夫家在乡下，自己就去过两三回。要是年纪大了再进去倒也没关系，要是50多岁就死了，还要和生前不认识的亲戚长辈葬在一起，连来扫墓的人都没有。

渡边 要动大手术的人一般会在手术前留下遗嘱。有位女性的遗嘱就是："死后想和母亲葬在一起。"

不论如何,这样下去日本的结婚率会一直下降,很可怕。

日本的未婚率在亚洲也是最高,平均初婚年龄也越来越大,少子化越来越严重,难怪会国力衰退。

我们生活中的事实婚

渡边 你们身边有事实婚的人吗?

小柳、平田 我们公司有。

和泉、中村、石川 没有。

渡边 是吗?看来事实婚已经不那么稀奇了。你们是什么时候知道事实婚这个词的?

平田 我是两三年前。

小柳 我好像是看电视节目知道的。有一阵子有很多法律节目,讲到在一起同居多年就是事实婚。

和泉 以前是叫作"地下婚","地下婚"这个说法很早就有了。

渡边 我觉得"地下婚"和事实婚是两码事。对事实婚,你们完全没有戴有色眼镜去看吗?

大家 没有。

渡边 不过,你们不也觉得事实婚很酷吗?

中村 我自己做不到,所以觉得挺酷的。

石川 确实挺酷的。

中村 感觉很独立。

石川 有一种"走自己的路"的感觉……不过,比起法律婚,事实婚也许一开始没有麻烦的手续,但有更多麻烦的问题在前面等着。两人都有共同面对难题的决心的话,就很酷。这本来就是一种相互信任。

渡边 刚才,有人说因为不是法律婚,在经济方面会很不利,但在法国,事实婚是被公开承认的。

日本没有这个制度,近来,听说实行事实婚的双方会请律师,就生活费、住房贷款、孩子出生后入谁的籍这些问题事前达成一致。

如果是法律婚,一旦入籍,法律就会保护你,这一点很轻松,也让人安心。事实婚需要双方商量好,共同遵守约定,需要很强的自制力。这一点你们怎么看?我觉得这反而是事实婚最大的好处。

石川 我能明白。

渡边 事前让律师介入,做好协议,以前结婚前一般不会这样吧?不过,现在,法律婚的伴侣,即使没有律师介入,也有很多会在婚前进行约定。例如,结婚纪念日一定会去国外,每个月要有一次两人外出就餐,生日一定要去哪里庆祝,等等。不这样的话,那就等着瞧!

大家 (笑)

渡边 很多男人整天叫着忙啊忙啊的,什么都不做,还是事先讲定比较好。

公司的反应

渡边 前面你们说公司里有人事实婚,他们会自己宣布"我是事实婚"吗?

小柳 不知不觉中大家就都知道了,一传十、十传百吧。

渡边 公司允许使用旧姓吗?

小柳 对,很多人使用旧姓,名片也可以用旧姓。

和泉 我们公司不行。是系统上的问题,人事部门的公司从业人员名簿上发生改变后,邮件什么的都会跟着变动。

石川 我们公司结婚的同事中,有好几个人在用旧姓,名片也是。也有人马上改了姓,随各人的便。做销售的女同事,改姓的话客户会很困惑,基本上还是保持旧姓。

渡边 尽管如此,东京市区还是有很多公司不允许使用旧姓,这点真让人吃惊。大家就默默接受了吗?

和泉 是啊。没有人提出反对意见。日本本身就是男人做主的天下。在福利保障方面,就算有生产补贴之类的制度,也有人享受不到,虽然没有人赤裸裸地被逼辞职,但氛围上就让人待不下去,也有人就这么辞职了。女性跳槽的很多。

如果同一部门的同事结了婚,是不允许在同一个上司手下干活的。女性就会被调离。丈夫是上司的话,会担心引起人事考察上的不公平,也会发生人事变动。如果丈夫调动到外地了,妻子也要跟着,不受对方影响是不可能的。这些都是我们人事部长的独特想法。

离婚意外地困难

小柳　我想问一下,对男性来说,事实婚有什么好处呢?

渡边　从男性的角度来看,事实婚不麻烦,比较自由。

实际上,事实婚的好处在于,仅仅由当事人双方做约定,在一起简单,分开也简单。不管和谁结婚,很多人都希望双方不爱了就分手,但在现在的法律环境下,想做到这一点却很难。

平田　具体来讲是怎么回事呢?

渡边　男性就算对妻子没有了爱情,也不能轻易分手。女性也一样。我认识的一位女性,结婚后开始讨厌丈夫,想离婚却离不了,很痛苦。当然,如果她直接离家出走就能分手,但她却做不到,因为她有三个孩子,每个月需要 20 万日元以上的生活费。离婚后就没法养育孩子。

现在的民法以双方同意为离婚的准则。如果不达成一致，就离不了婚。如果双方都有收入还好，一般来说，结婚二三十年的夫妻，不管是哪一方提出"想离婚"，另一方几乎不可能毫无异议地全盘接受，会经过长期的斗争。

想圆满地离婚，需要民事上的手续。通过调停和判决离婚后，也有很多男性不付赔偿金和赡养费。所以，一开始大家都想着要找到理想的夫婿，但以后要是不喜欢他了，他不同意，你也无法轻易摆脱他。还有些丈夫到处花天酒地，以致破产，想和这种人完全划清界限，也很麻烦。

所谓民事裁决是以双方协商一致为原则。和有责任感的好男人结婚了还好说，要是碰到坏男人怎么办？无法想象。

中村　不付孩子的赡养费也太……

渡边　有很多这样的人。

中村　那可是自己的骨肉啊。是有钱也不付吗？

渡边　当然。一般是很恨妻子，想看妻子的笑话。

中村　可以扣留他的薪水。

渡边　如果工资是直接到妻子手里还好。没有讲好就离婚，那就难办了。自己做生意的也有很多破产的，也不可靠。

小柳　我觉得，关于选择结婚形态的信息，在日本很缺乏。

石川　很多时候，我也是从别人那里听说才知道。

事实婚的优点现在看来就比较明显了。像老师刚才说的，律师可以介入制定条件，也可以举行结婚仪式。我以前从没听说过这些。就算对现今的法律婚有不满的人，也没有足够的信息来促使他们选择事实婚。

渡边　总结大家的意见，大多数人觉得好处最多的是法律婚，坏处最多的是同居，事实婚在中间，对吧？

我不是希望所有人都选择事实婚。确切地说，是希望更多人知道这种婚姻形态。以后，想选事实婚的人可以选择事实婚，讨厌的人可以不选。

配偶去世，和别人重新结为伴侣时，儿子女儿怕财产流到外人手上，提出反对，但自己还是想结婚，中老年人就可以选择事实婚。希望大家都知道有这个选择。

中村　确实，有很多婚姻形式，结过一次婚害怕了的人可以选择事实婚。以后，信息越来越通畅，事实婚也许会越来越流行。

石川　如果媒体多报道事实婚的相关信息的话，事实婚也会更加普及。

中村　算是合乎时代潮流吧。现在有很多国外思潮涌入，有很多接触新信息的机会，可一旦结了婚，感觉就退回到了远古时代。这时就会有一种和时代产生隔阂的沉重感。

渡边　结婚后又离婚的人数不胜数，其中有些人会觉得

"再也不会结第二次了",也有人觉得"挺好的""很棒,简直是一段玫瑰色的回忆"。希望以后大家能自由选择各种婚姻形式,当然,也包括事实婚。

(2010年9月28日)

第十章　事实婚让男女平等——和事实婚男性的对谈

下面是我们和现在正在实行事实婚的男性的对谈。

能自由选择事实婚这样的婚姻形式,对男性来说,人生的选择也更多了。

山根元亲先生(化名,和妻子都是媒体工作者)

48岁,神奈川县出身。父母住在新潟县,有一个姐姐(未婚)。

妻子42岁,兵库县出身,父母住在兵库县,有一个姐姐(未婚)。

她想保留旧姓

渡边 现在我们听听自愿实行事实婚的山根元亲先生的经验谈。山根先生是什么时候开始事实婚的？

山根 我是30岁结婚的，已经18年了。妻子在同一家公司工作，当时她24岁。

渡边 18年前，应该很少会听到"事实婚"这个词吧？

山根 当时应该还没有"事实婚"这个词。即使有，也只是专业人士才会用到吧。那时已经有夫妻异姓的了，但公司内已婚女同事使用旧姓的还不是很多。

决定结婚的时候，当然考虑过不入籍的好处和坏处。结婚后她准备继续工作，就算入籍也不会有扶养者减免这样的税务优惠。反倒是改姓在工作上会带来诸多不便，很麻烦。

而且，她的家庭很和睦，只有一个姐姐，多少有些想保留自家姓氏的想法。不过倒也没有提出让我"倒插门"……

渡边 那么结婚仪式呢？

山根 跟普通人一样。除了没有递交结婚申请，其他都和普通的婚姻一样。居住卡上，一个住所有两个户主是允许的，所以就写了两人的名字。

您提出让我谈谈事实婚，我才意识到，对啊，原来我是属于事实婚这种特殊的婚姻形式。（笑）

渡边 当事人觉得很自然,父母、亲戚、公司同事等周围人的反应如何呢?

山根 在父母提出疑问之前,我就向他们解释了不入籍的各种理由,他们也都接受了。亲戚也都没说什么。

我是在横滨出生长大的,父母本来是新潟出身,婚后开始在横滨工作,父亲退休后又回到家乡,现在住在新潟。正月里,我有时也会和妻子一起回新潟。也和亲戚见面,但都没人来干涉我们。到了一定年纪,还没有孩子,对方也会很注意不再谈这个话题,当然,也不会谈到改姓的事。

渡边 您夫人呢?

山根 妻子的父母住在兵库县姬路市,她父亲反而很高兴女儿能以娘家的旧姓工作。

在公司,大概是因为是媒体圈吧,周围也没有人说三道四。结婚时公司也出了礼金。有些前辈还开玩笑说:"不入籍也能拿到礼金,那就可以骗礼金了。"(笑)

看公司内刊,知道我们"已经结婚了"的女同事,也没有提到"改姓"。应该是因为事实婚的人在生活中越来越多了吧。

在这种公司,妻子在工作上并没遇到什么麻烦。要是在银行或是商社,应该会有很多人来问"为什么你结了婚却不改姓"吧。

刚结婚时,寄给我们的贺年卡上会写"山根元亲先生××太太收"或者"山根元亲先生山根××太太收",而现在几乎都会写两人的本来姓名,这也就说明我们夫妻异姓被广泛承认了吧。

全部AA制

渡边　你们家的经济怎么处理?

山根　结婚时我们就约好,生活费各出一半。

方法很简单,比如说,买食材在家里做饭,就在超市拿好购物小票。不过,苹果谁吃之类,倒没有算到那么精细,那样算就没完没了了,而且大家都有互相分享的部分,就互相抵消了。

除了自己买衣服之类的个人花费,得了感冒去医院,也算作家庭医疗费,计入生活费。这样,每个月互相晒账单:"我出了多少钱养家。"

结婚几年后,我们买了一个单门独户的房子,住房贷款从我的户头支付,也是各付一半,比如总计20万日元,每人要付10万日元。我们把所有家用款项全部打入家庭开支的银行账户,然后再报销自己付的部分。电费、水费等公共费用也从这个账户出,银行会自动记录下来,简单明了。

另外,住房贷款是以我的名义贷的,住房和土地则是我和妻子联名所有。到目前为止还没有经历过离婚危机(笑),所以关于这些也就没怎么计较。

渡边　那么,用于家庭支出的银行账户呢?

山根　实际上还出过麻烦。在某都市银行,我用自己的名字新开了一个账户,同时给她一张提款卡,银行说,你们没有结婚吧?因此拒绝给妻子发卡。我们说:"说什么呢,我们都住在一起了啊。"对方表示很难办,直到我们拿出居住卡,他们才同意。估计是因为我们的住房款也在这家银行贷的,他们才同意的吧。

不知道现在怎么样,总之当时要发一张妻子名下的卡很难。但最终还是办成了。

现在,事实婚的人越来越多,服务应该也改进了吧。

生活费大概就是这样。所以,我不知道她除了生活费以外还花了多少钱,也不知道她有多少存款。要等其中一方去世了才会知道吧。(笑)关于死后的继承权,还没有考虑过。

渡边　作为男性,你觉得事实婚的好处在哪里?

山根　说老实话,我不觉得事实婚会偏袒男性或女性中的任何一方。不可能因为夫妻异姓或是事实婚就对妻子的人生不负责任了。

借助事实婚,女性可以避免入籍带来的麻烦,而男性却没有可以减免的责任。

尽管有些人会多管闲事，觉得我"管不了老婆"。

我们恰好生在日本这个国家，按这个国家的制度，我们的状况在税务上又占不到什么好处，所以就选择了不入籍。如果妻子做全职主妇，或者能享受扶养者减免这样的税务优惠，也许我们就会选择入籍。

事实婚，没压力

渡边 事实婚不受法律保护，所以会更在乎对方，双方一直在不断努力，比法律婚关系更密切，是这样吗？

山根 我们没有入籍的经验，所以没法比较，也没有一直在努力的感觉。在日常生活中，也没有因为是事实婚所以必须要承担怎样的压力。

父母亲戚不在身边，可能也是一大原因吧，公司也没给我们压力，所以我们几乎没有意识到我们是事实婚。

家务几乎都是她在做，我有时会洗衣服和扫地，但很少做饭。因此在家务上，妻子的负担比较重，但她也从没有抱怨过，我们比较像是分栖共生体。在这一点上，也多亏了妻子的理解。

渡边 不过，听说你们马上要有孩子了。

山根 孩子今年二月出生。估计到了那时，才会意识到事实婚的坏处。事实婚的人应该都有相似的状况吧。

我其实没有觉得有多大不便,非嫡生子也无所谓。非嫡生子的不利之处在于继承遗产时,如果有嫡生子,非嫡生子能继承的不到嫡生子的一半。这也是我们直到有了孩子才知道。

和妻子商量,她觉得这一点很不利,想让孩子"成为嫡生子"。我觉得,要是她那么在意的话就入籍吧。现在,男性也可以用旧姓,我们可以统一为妻子的姓。当然,这是以后的事,我们现在还没定。

事实上,改为妻子的姓,我也很有抵触感。虽然如此,如果妻子不能接受非嫡生子,那就走好程序,提出入籍申请,就能解决这个问题,反正我们的婚姻实质不变。

不过,不知道公共机构和银行能不能跟得上事实婚这个潮流,要是到时候我还是不得不去变更所有以"山根"登记的证件,就太麻烦了。没有以妻子的姓氏生活的经历,就不知道这样有多不方便。正因如此,我觉得也不应该把妻子带到这样的麻烦中。

入籍后的生活会怎样还不知道。让孩子成为嫡生子,然后我再马上脱籍,这也是一个办法,户籍上会变成离婚,变成"夫(未申请)"。

关于继承,考虑到现在的生活状况和法律,不知道死后会有什么问题,我准备先调查一下。应该是起草正式的文件就可以了,很多人希望民主党能促进法律的修订。处于事实婚状态的人,入籍后又脱籍的人等,这种情况也应该考虑进去。

虽然很多事实婚的人都考虑过日常生活上的问题,但很少有人考虑过事实婚和法律婚在法律上有什么好处和坏处。所以事实婚的人需要学习一些法律知识。

实际上,生了孩子,孩子上了幼儿园和小学,其他父母都入籍了,就我们是事实婚,应该也会出现问题吧。到时就会感到很不自在了。不过,我有时觉得这也是一种乐趣。

如果出生的是男孩,他上高中时我应该已经退休了,我想陪他一起去英国或者美国留学。到时候我可能会对他说"我要和邻居出去玩,你自己去学校吧",想想这种情景,也很有趣。(笑)。

住宅问题的烦恼

渡边　在公司里,男性也可以休产假、育儿假,你准备休吗?

山根　我可以休,不过要看到时的工作情况。法律也变了,以前育儿假只能休到孩子一岁时,但从2010年开始,有"爸爸妈妈育儿假延长计划",可以休到孩子一岁两个月。我觉得也可以试试。

不过,我们准备一岁时送孩子去幼儿园,他去了幼儿园,我们就没什么事可做了,这个情况也要考虑进去。

幼儿园的问题也很大。我现在住的地区有很多"待机儿童"①。这问题一时半会儿解决不了,我们准备搬到待机儿童比较少的地方。

我们俩都有工作,要是把孩子寄放在幼儿园,孩子发烧了,即使幼儿园联络我们,返回住所也要一个小时,没法应对。所以也想搬到离公司更近的地方。不是完全搬迁,只是平时在新住所,周末回现在的家。不过,肯定会变得很麻烦,很可能就不回来了。(笑)所以,就算是租房子,也不只是住一时,还要考虑大小,所以现在为这个问题很头疼。

前两年待机儿童比较少,但出于同样的担心,很多人拥有多处住所,以确保入园的权利,到我的孩子入园的时候,情况应该又很不一样吧。

事实婚正在加速增长

渡边　这18年间,你感觉事实婚,或是说结婚这方面,有什么变化吗?

山根　前面说过,我们至今没碰到过什么麻烦,所以也没有

---

① 待机儿童:指那些由于幼儿园人手不足等原因无法进入幼儿园就读的适龄儿童。

对事实婚特别关注，没有收集这方面的信息，和法律婚的人也没有特别去作比较。

反倒是这次读了渡边老师的连载，才知道欧洲有这么多事实婚的人，有点吃惊。这些国家的人，一定从生下来就觉得事实婚理所当然，完全没有异样感吧。

这18年间，离婚率确实是越来越高了。我们公司也有很多人离婚了。（笑）所以说夫妻异姓就会家庭破裂，完全没有道理。人际关系、夫妻关系，比法律条文复杂得多，不是一声令下，就能改变什么。容易破裂的家庭，就算是法律婚，也不能改变什么。实际上，就算不实行夫妻异姓，离婚率还是一路升高的。

不过，反对夫妻异姓的人，应该也有各种考虑，但都有一股傲慢劲儿："你们没有脑子，不会选择，就让我们来制定法律吧。"简直是把国民都当作傻瓜。另一方面，民主党也没有多少决心改变现实，他们觉得情况还没那么严重。（笑）

不过，如果日本法律承认事实婚，事实婚的人数应该会大增。我都不知道，其实事实婚的人已经很多了。如果法律修正，好好统计一下，这些人就会浮现出来，说不定有20%到30%呢。

最近，经常听人谈到事实婚，也有很多人有疑问，不知道和同居有什么区别。

我觉得，区别在于周围的人是否接受。要宣布你们是夫妻，举行结婚仪式,向朋友、认识的人介绍"这是我太太",这一点很重要。入不入籍倒没多大关系。

渡边 有像山根先生这么洒脱的人,我就感到更有信心了。

山根 因为我不太计较小事,所以才能幸福到现在。也有些女性对结婚改姓觉得"很开心",这样的人也可以坚持自己的选择。

有更多选择这个国家才会更包容,头脑顽固的人不懂这一点。必须有人更加大声地告诉他们怎样才算一个包容的国家。这就拜托渡边老师了。

（2010 年 10 月 20 日）

事实婚伴侣的子女问题

关于居住卡、户籍待遇

·事实婚伴侣间的孩子是非嫡生子。非嫡生子从1995年开始在居住卡方面和嫡生子享受相同待遇,2004年开始在户籍上和嫡生子享受相同待遇。

·由于不能享受共同监护权,因此先要入母亲的户籍,使母亲拥有监护权。父亲的认领,在出生前(即胎儿认领)后都可以。如果做了胎儿认领,出生证明上就有父亲的名字,做了认领,就可以根据父母的协议,确定父亲为监护人。不过,监护权和姓氏的变更需要向家庭法院提出申请。

关于继承权

·根据民法第900条第4款,非嫡生子的法定继承财产是嫡生子的1/2。

·关于继承,假定了各种情况,如事实婚伴侣的一方有配偶或嫡生子,或是双方都有配偶和嫡生子。

一方有配偶或嫡生子的情况

```
B: 事实婚对象
C: 非嫡生子（认领后）
D: 法律上的配偶
E: 嫡生子
```

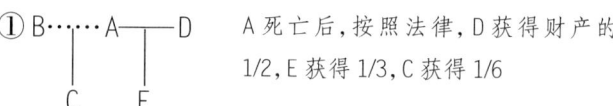 A死亡后,按照法律,D获得财产的 1/2,E获得1/3,C获得1/6

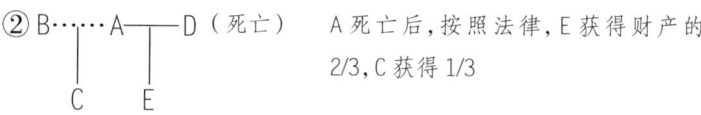 A死亡后,按照法律,E获得财产的 2/3,C获得1/3

双方都没有配偶或者嫡生子

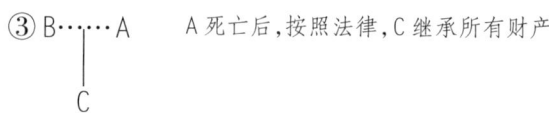 A死亡后,按照法律,C继承所有财产

如果有遗嘱,分配可能有所不同,就算遗嘱是"全部赠予非嫡生子",D也能获得1/4,E也能获得1/6的遗产（这是法律确保的兄弟姐妹以外继承人的继承财产比例）。

第十一章　和律师的对谈

关于事实婚,有很多人对相关法律问题抱有疑虑。下面,我们直接咨询律师,了解针对各种问题的法律解决方案。

小林康惠

出生于神奈川县。东京大学法学部毕业。

增田合伙律师事务所的合伙律师。

专业范围是著作权法、商标法等知识产权法,IT相关法务、娱乐法、劳动法、企业法务案件,还有亲缘、继承相关的一般民事案件。

希望法律认可事实婚

渡边 今天我们请小林康惠先生站在律师的立场上来谈谈事实婚。拜托了。

小林 哪里哪里。

渡边老师很久以前就对事实婚有很多想法吗？

渡边 算是比较早了。我倾听过男女之间的不少烦恼。我曾经交往过的女性中，也有人遇到了问题。我有很多机会听到这些人的意见，还有年轻人的想法，他们的婚姻并非都一帆风顺。我觉得是有很多问题的。这时，我了解到法国有 PaCS、瑞典有 Sambolagen 这种承认事实婚的制度，我觉得，日本也应该积极承认事实婚。

目前，日本最让我担心的是少子化问题，这个问题需要尽快解决。为此，希望法律能早日承认事实婚。现在，要通过"事实婚姻法"这样的法案，需要什么手续呢？

小林 那就是要修正民法了。需要向国会提出法案，请参议两院表决。

渡边 在这之前，首先要超越党派，动员女议员，获得男议员的认同，向议会提出法案，这是最理想的，当然也希望女律师们站出来。

小林 对。选择性的夫妻异姓制度都无法作为法案通过，别说更进一步通过事实婚法案了。律师千叶景子当上法务大臣时，我以为夫妻异姓法案能通过了，没想到，不管在野党还是反对党，都有很多反对的声音。有些人仅仅是因为不想改姓才实行事实婚，如果夫妻异姓法能通过，应该会有很多人选择法律婚吧。

渡边 关于夫妻异姓，有些议员发言说，如果通过夫妻异姓法案，会导致婚外情增多，家庭破裂。让我来说，婚外情早就不新鲜了。

环顾世界，大多数国家都实行夫妻异姓和可选择制，只有日本，不知道为什么固执地坚持夫妻同姓，让人无法理解。

编辑 小林先生对夫妻异姓怎么看？

小林 作为律师，要遵守现行法，在现有的制度下展开工作，但我个人并不认为，允许选择夫妻异姓，就会有引起家庭破裂之类的社会危害。

经常有人说，夫妻的姓氏问题不是个人自由的问题，而是关系到公共制度的问题，但我觉得国家没有理由一定要强制夫妻同姓，并把这作为一项公共制度。不承认有选择的夫妻异姓，反映了不承认多样性、对异己毫不宽容的日本社会的某个侧面。

渡边 现在的民法的基础，是明治时期建立起来的吧？

小林 对。战后，民法得到修正，家族制度被废止，但夫妻同姓制度被保留下来了。

渡边 这么落后的民法,要现在的日本女性忍气吞声地接受。希望对此有质疑的人大声说出自己的意见。最近,我还注意到很多年轻女性想当专职主妇。

小林 是啊。周围的年轻人也都越来越保守。大概是看看我们这一代人,觉得就算是努力工作也不一定会幸福吧。也许他们也有道理吧。(笑)

渡边 战后的60年间,女性也开始自立,获得职业,在各种公司工作,也有很多女性在各个领域成为顶尖人物,但现在的女性则不想这么辛苦。

因此,她们不愿意进夫家的墓,如果住得远就一年只见一次公婆。乡下的父母连孙子的面都见不到,很是伤心。不要说婚外情,就是家庭内部也已经开始破裂了。

还有,她们还要求男性年收入最低要在60万日元以上,家务也要会做,还要带孩子,全是些任性的要求。让男性感到现在的婚姻非常沉重郁闷,不想结婚的越来越多。

现在便利店和地下商店都会卖美味的家常菜,电器也越来越先进,男人一个人独自生活也没有什么不方便。所以不需要特意背上重担迈入婚姻生活。由于孩子很少,母亲大多会很溺爱孩子,儿子已经长大成人,却还受到母亲的照顾。这样下去,少子化现象会越来越严重。

小林　说到少子化让我想起，跟瑞典和法国这些国家相比，日本非婚生子的比例非常小。这大概是有了孩子就必须结婚的想法所致，也就是所谓的"奉子成婚"的结果吧。

编辑　例如，非婚生子的比例，根据2008年的数据，瑞典是54.7%，法国是52.6%，丹麦是46.2%，而日本只有2.1%。

日本对非婚生子还有着负面的印象。所以，现在的事实婚者，除了没有入籍、其他方面都跟法律婚者毫无二致的夫妻之间的孩子，虽然是非婚生子，但不是传统意义上的"私生子"，而大众还没有认识到这一点。

渡边　不过现在，非婚生子并没有受到歧视。就职简历上也不用写明。

小林　以前在居住卡和户籍上，非嫡生子和嫡生子的记录是有区别的。1995年开始，居住卡上的记录开始不作区别，2004年开始，户籍上的记录也不作区别。

现实中的不利，是在法定继承权中非嫡生子能继承的财产只有嫡生子的一半。规定这一条的民法法规，曾被认为是违反宪法第十四条规定"法律之下众人平等"的，在法庭引起争议，但现在最高法院认为这一条没有违背宪法。

渡边　如果父母写下遗嘱，要求"非婚生子继承所有财产"呢？

小林 如果除了非嫡生子外,没有其他有继承权的继承人,他就可以继承所有财产。但如果非嫡生子以外,还有法律婚的配偶或是嫡生子,如果这些人主张自己的继承权,那么法定继承额的一半要归他们。要是不写遗嘱,继承额就是嫡生子的1/2。有遗嘱对非嫡生子比较有利。

渡边 在生前就把财产转让应该可以吧。

小林 就算在生前把财产赠予非嫡生子,这些财产也会成为最后被清算的遗产。

渡边 这个部分也需要改革。孩子问题上,幼儿园的待机儿童太多,也是很让人担忧的问题。

小林 这个问题其实是很快就可以解决的。只要政府把那些到处乱撒的钱用来建幼儿园就好了,但不知为什么没人这样做。

女性应该发出呼吁

渡边 关于这一点,女性应该发出更大的声音。

我觉得婚姻法还有一个问题,那就是离婚太难。这种古老的婚姻体制是建立在"离婚是由男性提出的"设想之上的。如果妻子想离婚,就会非常困难。听说,只有在丈夫有家庭暴力或者外遇,分居数年,完全没有实质夫妻关系的极端情况下,妻子提出的离婚申请才会被承认。

但是如果有了孩子,离婚拖得越长生活会越困难。有很多男性离婚后不付赡养费。这些都需要有解决方案。

小林 倒是有一些解决办法。比如,离婚时,商量好前夫支付赡养费,签订调停书和认可强制执行的公证文书,就可最多强制扣留前夫的一半工资。这需要向法院申请,办理各种手续。

渡边 根据现状,离婚很困难,这也是我推崇事实婚的一大理由。日本人离婚后就不想结婚了,或者觉得结婚太可怕了,应该像美国那样,离婚后再二婚、三婚。这样孩子也会越来越多。

如果有事实婚制度,不光是感到法律婚太沉重而不想结婚的年轻男性,连想再婚的人也会觉得结婚的门槛变低。

小林 是啊。不过我认为,在比较近的将来,日本政府将事实婚作为制度确立的可能性是比较小的。

在事实婚尚未制度化的现状下要实践事实婚,就要详细了解事实婚和法律婚在法律上的差别,避免遭受损失,重视这一点,是比较现实的态度。

渡边 刚才向您咨询了非嫡生子的情况,事实婚还会带来什么其他损失吗?

小林 有些权利,事实婚和法律婚是都承认的,要先了解这些权利是什么。关于社会保障,只要满足条件,就可以作为年金的第三类受保人①领到年金,也可以领到遗属年金②。还可以获得劳灾保险③的遗属补偿,成为公共医疗保险的受益者。

而且,事实婚的配偶可以继承租住权,解除事实婚时按照离婚标准分配财产。

不被承认的权利包括税金和继承关系,也不能享受配偶优惠和医疗优惠,没有法定继承权。非嫡生子有嫡生子一半的法定继承权,事实婚配偶的法定继承额为零,没有遗嘱就无法继承财产。

另外,也无法像法律婚的配偶一样,在继承时享受税务减免。对于非嫡生子来说也一样,当有其他法定继承人时,就算遗嘱上写着可以继承全部财产,也无法真的全部继承。

现行法律制度有对事实婚不利的方面,事先考虑清楚怎么处理很重要。

渡边 不光是事实婚,在法律婚时,让律师介入,对具体细节作出约定也很重要。

编辑 最近经常听到关于成年监护制度④的讨论。

---

① 日本国民年金将受保人分为三类:第一类和第二类为受保者本人,第三类一般为受保者的配偶、靠受保者收入生活的家人等。
② 死者死亡后向其家属支付的年金。
③ 劳动者职业灾害保险:指工作过程或通勤时遇到灾害导致的伤残保障。
④ 对不拥有完全判断能力的成年人,指定监护人扶助其生活的制度。

小林 刚才我们谈到了继承的话题,继承之前,还有扶养老人这一阶段。这一制度是为了让因认知障碍导致判断能力衰退的老人,其财产管理和人身监护权能有所保障。法律婚的配偶有申请成年监护的权利,事实婚的配偶则没有。

为了弥补这个漏洞,可以在双方还健康的时候,签订指定监护协议,指定事实婚配偶为监护人。这样,事实婚的一方判断能力衰退后,另一方可以申请成年监护权。

事实婚者不光要注意继承权的问题,继承前后的阶段也要早作准备。

编辑 尽管如此,日本不是契约社会,对日本人来说,律师还是一种高高在上的存在。

小林 确实,一般人会这样想。其实可以随便来咨询。就像医生的处方,如果你觉得这个律师的建议不太可靠,也可以向别的律师咨询。

与其出了什么事再找律师,还是事前商量好准备好对策,这叫预防法务,不花时间,费用也不会很高。大家都有选择律师的自由,希望好好利用。

渡边 不光是选择律师的自由,还需要有选择结婚形式的自由。20~30岁就结婚,要想到80多岁还能一直爱下去真是难于上青天。因此要为人们多种多样的变化积极地未雨绸缪,如果能够承认事实婚的话，选择会更多，更有利于人的发展。

小林 承认事实婚后，结婚的人会增多，孩子也会增多，最后就会像渡边老师前面说的那样，遏制少子化，同时也会促进生活方式多元化的社会形成。

渡边 如果这本书能带动这股风潮，我会很高兴。

希望大家还是首先考虑和自己喜欢的人在一起。然后是为了和喜欢的人在一起应该准备些什么。不管是事实婚还是法律婚，我们能够有多种选择才是最重要的。请大家为此大声疾呼。

（2010年12月2日）

・2011年8月24日,在关于遗产分配的家庭事务审判中,大阪高等法院认为婚姻和家庭的形态正在变化,国民意识越来越多样化。嫡生子、非嫡生子在继承额上的区别对待会助长歧视,非嫡生子的继承额为嫡生子1/2的民法规定,违反了法律面前人人平等的宪法规定,判决为无效。

法律婚和事实婚的伴侣所拥有的权利和区别

	法律婚	事实婚
同居、合作、扶助的义务	○	○
所得税、居民税的配偶减免	○	×
国民年金的第三类受保者	○	○
公共医疗保险的被扶助者	○	○
配偶签证的取得	○	×
租住权的继承	○	○
成年监护的申请权	○	×
对孩子的共同监护权	○	×
特别收养关系	○	×
继承权	○	×※
继承税的减免、税率上的优待	○	×
对施暴者要求损害赔偿的权利	○	○
遗属年金的获得权	○	○
慰问费申请权	○	○
财产分配申请权	○	○
死亡保险受益人	○	△
不孕治疗	○	△

※:凭遗嘱可以指定遗赠
△:根据保险公司或者医生的不同规定,也可能是○

译后记

日本作家渡边淳一30多岁时,还是札幌医科大学的骨科讲师,作为爱好,他一直为北海道的文学杂志写稿。1968年,在他35岁时,他所在的大学附属医院进行了日本第一例心脏移植手术。这起心脏移植手术引起了日本广泛关注,也招来不少质疑,引起了一场医学科学进步与日本人固有伦理观之间的大战。渡边淳一也是质疑者之一。他认为,心脏供体当时还没有真正脑死,这次手术不能不说有悖伦理。根据这一事件,他创作了小说《心脏移植》(后改名为《白色之宴》),这也成为他离开大学,走上专业作家之路的契机。

作家生涯之初,渡边淳一创作了大量以医疗为题材的社会小说,如《白色之宴》《麻醉》《无影灯》等。医生以人体为工作对象,对病人来说,医生如同操纵生命大权的"神",这种绝对的权力和医生必须遵守的人伦规范之间的矛盾,成为他的医疗小说的主要题材。同时,他也是传记小说的好手,描写陆军大臣寺内正毅传奇生涯的小说《光与影》为他夺得了1970年的直木奖。投入8年时间写就的日本细菌专家野口英世的传记《遥远的落日》

获得了 1980 年的吉川英治文学奖。

不过,他创作得最多的,还是对浓烈的男女之爱不吝笔墨的情爱小说。20 世纪 80 年代后,以《失乐园》为代表,他的一系列描写中年男女炽热性爱的小说,在日本和中国都引起了很大反响。尽管褒贬不一,但"失乐园"一词还是成了 1997 年的流行语。

《失乐园》1995 年开始在《日本经济新闻》连载,以不伦之恋为主题,其中的性描写在当时的报纸连载上十分少见,连载之初就成为一大话题。小说以日本著名白桦派作家有岛武郎的情死事件为蓝本。有岛武郎 1923 年与已婚的女记者波多野秋子相恋,受到波多野秋子丈夫的威胁,最终两人在轻井泽双双上吊自杀。留下的遗书中说:"这一瞬间才知道,在爱面前,死亡如此无力。"渡边淳一把这个故事搬到了 90 年代的日本,故事的主人公,变成了内心疲惫的中年上班族和外表端庄的家庭主妇,憧憬着阿部定式的毁灭式爱情,让众多在忙碌生活中渐生麻木的现代人从内心获得同感。两年后这部小说改编为电影,更是获得了世界范围内的成功。

渡边淳一的情爱小说,常带着末世的颓废感和强烈的日本式官能之美。他说,正因为了解死是一种灰飞烟灭的事情,才要疯狂地爱。他小说的主人公,不论社会地位如何,之前的人生如何,最后总都会皈依自己内心和身体的欲望,如飞蛾扑火般,从相爱、融合中找到自己的新生,甚至不惜以死亡为爱定格。这种狂热的爱情理想,为他赢得了不少拥趸。在这一点上,札幌医科大学的异类、比起医学进步更关注具体个人感受的渡边淳一,一直没有变,了解自然科学上的死亡,让他更尊重血肉鲜活的人。人的喜怒哀乐,人的情感和身体的需求,都是重要而珍贵的,在他眼里,自然人永远比社会人更符合人类的真面目。

渡边淳一同时也是一位高产的随笔作家。他的随笔主题,也主要聚焦在两性、身体、婚姻、爱情上。他擅长剖析现代人感情和婚姻的困局,因为有医生的客观之眼,他对男女情事、男女两性各自的弱点,从不进行道德评判,而是如病理剖析般,了解病情,分析病因。例如,在小说中,他是谷崎润一郎女性崇拜的继承者,他的小说《化妆》,可以说是谷崎名作《细雪》的致敬之作,但这并不影响他对女性的冷眼观察和鞭辟入里的精神分析。在剖析女性心理的《女人这东西》中,他说:"越是出轨得厉害的女人,一般越是美貌。但是,她们却是相对精神上得不到满足、肉体上性感缺失的女人,并且也是几乎从来没有体验过满足滋味的理想主义者,不肯低三下四面对男人的自信者。"这段评论看似有大男子主义的嫌疑,仔细回味,爱情中患上傲慢症的人并不在少数。两性相吸,在某一阶段也是个人魅力的角力,而因为爱情滋生的各种疾病、傲慢、卑微、易变、执迷,在他笔下并无是非之分,他了然于胸,对症下药。

2011年年底,日本出版了渡边淳一的这本最新随笔《不结婚,在一起》。近年来,日本年轻人的单身倾向越来越严重,结婚越来越晚,其结果是少子化成为一个尖锐的社会问题。对此,渡边淳一尖锐地指出,日本落后的婚姻制度是罪魁祸首。

关于日本人的婚姻,大多数中国读者脑中的印象,还是由父母陪同的相亲,夫唱妇随、对丈夫毕恭毕敬的日本妻子等等。事实上,在日本,情况早就发生了很大变化。日剧中的美满婚姻更像是上个世纪的童话,东京这样的大都市里,越来越多的女性在公司和男性担任同样重要的职位,她们也开始提出,公司里的端茶递水并不是女性的分内之事;婚后立即辞职,也不再是女性的必经之路,仅靠丈夫的薪水,家庭经济状况会变得拮据,更多女性选择婚后继续工作。女性越来越独立,相比之下,男性显得越来越软弱。"草食男"越来越能代表日本年轻男性的面貌,他们礼貌、整洁、脾气好,但相对凶猛的"肉食女"来说,显得越来越没有雄性动物的狩猎本性。于是,"草食男"和"肉食女",或许会在工作后结伴绕弯去酒馆喝一杯,倾诉工作上的烦恼,最后还是各自回到自己的小窝。

现代生活方式让单身更加容易,婚姻带来的生活复杂化,是人们越来越不愿意结婚的一大原因,这在世界各地都是趋同的现象。但日本的夫妻同姓制度,儒家传统下视女性为男性附属的观念,让更多日本年轻人觉得婚姻太沉重,不愿轻易套上枷锁。为此,渡边提出改革日本婚姻制度,承认事实婚,让人们有更多的选择。

所谓事实婚,是相对法律婚而言,指未履行结婚的法定程序便以夫妻关系共同生活的婚姻。与法律婚相比,事实婚更注重的是"两人之间的契约",注重婚姻实质,形式上更尊重夫妻双方的自由和平等。因为不存在依附关系,让婚姻显得更轻松。事实婚在法国、瑞典等欧洲国家已经普及开来,这还要归功于事实婚的先驱、著名的法国情侣——萨特和波伏娃。萨特和波伏娃曾互相约定,两人结为终身伴侣,但经济生活上相互独立,并相互容忍各自的浪漫关系。两人对相互之间的爱情满怀信心的超脱姿态,打动了许多他们的倾慕者。目前法国有超过两成的事实婚人数,与这两位先驱的影响不无关系。

渡边在书中呼吁,事实婚让双方独立平等,婚姻更有信心和责任感,是"心与心的实质结合",社会要给事实婚者更大的空间。在日本,事实婚未受到法律承认,事实婚者各方面权利不受法律保护。因法律婚压力过大而不愿结婚的人也不愿轻易选择事实婚,这无疑丧失了更多潜在的准备结婚的人群。

他特别提到,事实婚特别适合中老年人,适合二婚、三婚的想要重新出发的人。对这些人来说,婚姻更接近它的本质,是一种可以影响日常生活幸福感的生活方式的选择。近年来,渡边淳一在呼吁公众对老年问题的关注上不遗余力,他2010年出版的小说《孤舟》就描写了退休男性因找不到自己的定位而引起家庭风波的社会现实。他认为"衰老是一种学习,人生在任何时候都可以重新开始",其中也包括情爱和婚姻的重新开始。渡边曾说,他是一个年近80还在恋爱的老人,无论在什么年龄段,人都有对爱的渴望。这恐怕也是这位年近80的老人,还在为年轻人争取宽松的婚姻制度的原动力吧。

刘 玮

2013年1月8日于上海

图书在版编目（CIP）数据

不结婚，在一起/（日）渡边淳一著；刘玮译. —青岛：青岛出版社, 2019.1
ISBN 978-7-5552-6994-6

Ⅰ.①不… Ⅱ.①渡… ②刘… Ⅲ.①长篇小说–日本–现代 Ⅳ.① I313.45

中国版本图书馆 CIP 数据核字（2018）第 281632 号

事実婚　新しい愛の形 by 渡辺淳一
Copyrights : ©2011by 渡辺淳一
This edition arranged through OH INTERNATIONAL CO. LTD.
Simplified Chinese edition copyrights : ©2019 by Qingdao Publishing House Co., Ltd.
All rights reserved.
简体中文版通过渡边淳一继承人经由 OH INTERNATIONAL 株式会社授权出版

山东省版权局著作权合同登记号 图字：15-2017-237 号

书　　名	不结婚,在一起
著　　者	（日）渡边淳一
译　　者	刘　玮
出版发行	青岛出版社
社　　址	青岛市海尔路 182 号（266061）
本社网址	http://www.qdpub.com
邮购电话	13335059110　（0532）68068026
责任编辑	钦林威
特约编辑	许璐娜
封面设计	末末美书
封面插图	视觉中国
照　　排	青岛双星华信印刷有限公司
印　　刷	青岛国彩印刷有限公司
出版日期	2019 年 1 月第 1 版　2019 年 1 月第 1 次印刷
开　　本	大 32 开（890mm×1240mm）
印　　张	4.5
字　　数	77 千
印　　数	1–10000
书　　号	ISBN 978-7-5552-6994-6
定　　价	32.00 元

编校印装质量、盗版监督服务电话　4006532017　0532-68068638

本书建议陈列类别：日本·畅销·随笔